憧憬的日子
あこがれの日々

さかい まさと
[日] 堺雅人 著
杨珍珍 译

人民文学出版社

著作权合同登记号 图字 01-2021-7303

『文·堺雅人』

BUN/SAKAI MASATO by SAKAI Masato
Copyright © 2009 Tanabe Agency Co., Ltd.
All rights reserved.
Original Japanese edition published by Sankei Shimbun Publications Inc. in 2009.
Revised and enlarged as paperback edition published by Bungeishunju Ltd., in 2013.
Chinese (in simplified character only) translation rights in PRC reserved by
PEOPLE'S LITERATURE PUBLISHING HOUSE
under the license granted by
Tanabe Agency Co., Ltd., Japan
arranged with Bungeishunju Ltd., Japan
through East West Culture & Media Co., Ltd., Japan.

图书在版编目(CIP)数据

文·堺雅人憧憬的日子/
(日)堺雅人著；杨珍珍译.
—北京：人民文学出版社，2022
ISBN 978-7-02-014753-3

Ⅰ.①文… Ⅱ.①堺…②杨…
Ⅲ.①散文集—日本—现代
Ⅳ.①I313.65

中国版本图书馆CIP数据核字
(2018)第278379号

责任编辑　陈　旻　翟　灿
书籍设计　陶　雷
责任印制　苏文强
装帧摄影·彩色摄影　江森康之

出版发行	人民文学出版社
社　　址	北京市朝内大街166号
邮政编码	100705
印　　刷	北京盛通印刷股份有限公司
经　　销	全国新华书店等
字　　数	88千字
开　　本	787毫米×1092毫米　1/32
印　　张	6.125
印　　数	1—6000
版　　次	2014年11月北京第1版
印　　次	2022年2月第1次印刷
书　　号	978-7-02-014753-3
定　　价	59.00元

如有印装质量问题,请与本社图书销售中心调换。
电话:010-65233595

目次

始（代前言）
/ 1

髭
/ 7

酒
/ 10

钝
/ 13

绊
/ 16

好
/ 20

子
/ 23

讹
/ 26

声
/ 29

旅
/ 32

乡
/ 35

访谈　真应该当官来着
/ 38

灵 /46

学 /49

鼓 /52

寒 /55

街 /58

病 /61

休 /64

暇 /67

诗 /70

西 /73

备 /76

伪 /79

术
/82

马
/85

死
/96

兄
/99

剧
/102

容
/105

教
/108

型
/111

试
/114

春
/117

肉
/120

雪
/123

住
/126

憧
/129

服
/132

位
/135

命
/138

品
/141

守
/144

家
/147

女
/150

父
/153

夏
/156

志
/159

时
/ 162

横
/ 165

静
/ 168

战
/ 171

食
/ 174

师
/ 178

终 (代后记)
/ 181

文库版后记
/ 185

主要演出作品列表
(1995年至2013年春) / 189

始（代前言）

对于我曾经就读的宫崎县立高中来说，"一九八八年"是颇值得纪念的年份。就是那一年，我校棒球部首次打入甲子园。

那是我入学前一年的事情。

打入甲子园，对于地方的公立普通高中来说，简直堪称壮举。据说在值得纪念的"一九八八年"，其他的社团及当年的考生也都意气风发，整个学校都沉浸在热烈昂扬的气氛中。

当然，尚未入学的我们无从感受当时的盛况。但老师及前辈们时不时会跟我们新生讲起"一九八八年"的故事，每次听，我都不由自主联想到东京奥运会及之后的经济高速增长期。

我入学那一年（一九八九年），起初也是如此，整个学校洋溢着一份喧嚣的期待感，期待着今年也有令人惊喜的美事发生。就像是期待着逐渐走弱的余火再一次盛大燃起一般，真是奇妙的氛围（遗憾的是，余火并未复燃，高涨的氛围最终慢慢平复下来）。

一九八九年对于我的高中来说，就是盛大节日之后余热缭绕的一年。

即便二十年后的今天，每当回忆起"一九八九年"的那个春天，我的内心仍然感到没着没落，就像是高高飞扬的东西即将坠落之前那种轻飘飘的失重感一般。或许，春天本身或多或少会让人产生这种心绪吧。

不，或许事情其实很简单，之所以整个学校都很喧嚣，只是因为施工而已。学校校舍从数年前就开始重建，那一年恰好是这份期待要落实的日子。

日以继日的施工，导致空气中尘土飞扬，噪音不断。工地的运货卡车频繁出入校门，见到建筑工人的机会比见到老师的机会还要多，学校随处都有"禁止入内"的标识，让人心生整个学校只是临时居所之感。

旧校舍被蒙上苫布拆除，陌生的新建筑物散发着新油漆的气味。刚刚记住的学校旧貌接二连三地换新颜，我觉得我似乎永远也无法把握学校的全貌。

我曾经问过我的高中同学，几乎没有人能够清晰记住"一九八九年"那个春天学校的样子。正如过路的人不会试图去记忆一座正在重新开发的城市在建设过程中是何种样子一样。

过路人可以权宜性地让时间"暂时停止",快步走过建筑工地。反正,旧的风景很快便会被新的风景替代,不会有好事者特意停下脚步流连欣赏。人们有意识地对新建筑物成形、整座城市重新开始计时之前的风景采取"视而不见"的态度。毕竟,建筑过程中发生的事情只会作为断片性的记忆,存在于少数几个人的脑海中,甚至这少数人脑海中的记忆断片不久也会如刨花般随风飘散,消失得无影无踪。自毕业之后,我从来不曾回过我的高中母校,但我知道,那一年的春天在那里已踪迹全无。就如刨花般,被吹散在天涯。

一九八九年的春天,一直在考虑加入一个小规模的文化社团的我,最终决定要到戏剧部感受一下。

说起来,我也并非一定要参加戏剧部。其实,只要是小而精的文化社团,任何主题我都可以接受。可能对于从不太大的中学考到宫崎县立高中的我来说,这所每天都有新变化的大校园让我有莫名的压迫感吧。我想要一处能够让自己的心沉稳下来、属于我们自己的"地盘"。

决定到戏剧部感受氛围倒是容易,但要找到戏剧部的活动室却着实让我吃了苦头。过于"小而精"的戏剧部,在到处都是施工现场的校内就如浩瀚烟海中的小岛，不可望，不可及。而大部分的学生甚至都不知道自己的学校还有戏剧部这样一个社团。询问多位前辈之后终于得知，戏剧部活动室原来在学校东侧的一个角落。

我现在还记得当天下课后第一次到戏剧部活动室时的情景。那是我有关那个春天模模糊糊、朦朦胧胧的记忆中唯一清晰的场景。

我跨越万千困难最终到达的，是一座陈旧的建筑物。一座静静地孑立在学校东侧角落的木造平房。其中多是服装及餐饮教室，故通称为"家政科楼"，像我这样的男生少有机会踏入这栋建筑物。若非借这次机会，也许我三年都不会注意到它的存在。

当时已经没有人在此上课，周围人迹皆无。周边拉有"禁止进入"的警示带，明白无误地告诉人们，这座建筑物即将被拆除。

我的目的地戏剧部活动室，就在家政科楼最深处的服装教室。迈过"禁止进入"的警示带，推开吱呀作响的大门，踏入这座阴森昏暗的建筑物。瞬间整个世界安静下来，空气中弥漫着灰尘与发霉的味道。

黄昏时分，一个人走在空无一人的楼道里，奇妙之感油然而生，就如偷偷进入离群索居的老年女性的房间一般，内心竟微有不安与内疚。我要进入的那个教室的门似乎有点问题，没有办法打开。于是，踏着堆积的垃圾，从坏掉的玻璃窗跳进去，就成为进入这个教室的正式通道。

房间内，空荡荡的。

桌子、椅子都已被搬完，布告栏里连一张通知都没有。用来量尺寸的褪色的人体模型胡乱地摆在一起，承受着从窗户射入的夕阳。地上，瓷砖左凸右凹，积起薄薄的一层尘土。教室的紧里头铺着四五张磨损严重的榻榻米，据说那就是戏剧部的地盘。许是心理作用吧，在这里，施工的噪音、学生们的喧哗声听来似乎都很遥远，像是隔了万水千山。

我坐在起了毛的旧榻榻米上，等待着戏剧部人员的到来。在长久的等待过程中，我心中生出一丝微妙的怀疑，似乎自己并非身在学校，而是独坐于被村人遗忘的、长满青苔的神社之中，虽严正地在周边布上结界，却几乎完全不起作用，孤零零伫立于深山中的荒败的圣域……

最终，那一天完全没有人来活动室。当时的确有一位前辈是戏剧部人员，但她同时兼任乒乓球部的干事，那段时间一直都在体育馆常驻。

我一个人，在那里一直坐到天黑。听到宣告放学的铃声遥远地响起，我只好起身回家。

数日后，我正式加入戏剧部。究竟是何种原因促使我下定决心加入戏剧部，至今我已毫无记忆。

几个月后，我们戏剧部活动室所在的家政科楼开始被全面拆除（现在那里应该是宽敞的自行车停放场吧）。

流离失所的我们辗转于学校的不同场所，最终安置在了位于学校西侧一角的一所小小的预制板房内。

不久，人员增加了，我开始感受到社团活动的乐趣，而新校舍也终于完工，弥漫于整个校内的喧嚣销声匿迹。

似乎有某种东西，开始缓缓而动。

总之，我就是在这样的情形下开始了我的戏剧活动。我并不清楚它对我现在的职业观产生了怎样的影响。然而，那个空荡荡的服装教室，至今仍时不时浮现于我的脑海。或许作为我的出发之地，它真的不坏。

髭

我蓄了胡须。

是为了一部题为《适合穿丧服的厄勒克特拉》的舞台剧。它描写的是美国南北战争期间发生的事情,我演的是一个负伤归来的年轻的北方士兵。

在舞台上,我穿的是破破烂烂的军装,头上包着绷带。这副装扮跟胡须倒是很搭配,但结束演出、穿上自己的服装时,总感觉有点格格不入。这么长时间不刮胡须,在我,还是生平第一次。即便这副尊容已是一月有余,但清晨张大没有佩戴隐形眼镜的眼睛看到镜子中的自己,仍是每次都会吓一跳。虽然我本人很不适应,但周围的人似乎并未感到丝毫异样。

不知怎么回事,自从我开始蓄须,问我"瘦了吧"的人越来越多。但因为我的体重最近几年毫无变化,能够想到的就是胡须带来的效果。可能是胡须给脸部覆上阴影,故而看来精悍了许多。瘦脸还须蓄须。或许不久之后,大街小巷会出现佩戴假胡须的女高中生呢。

错了,我想说的并非胡须本身,而是"为了角色而蓄须"时,我内心那难以自已的喜悦之情。那是充实感,是安心感,总之是一种我能够清晰感受到的内心充盈之感。

"塑造角色"这个词汇指代的具体是什么,很遗憾,我不清楚。

从"背台词""把握当时的状况""读读同一作家的不同作品"等真实有效的行为,到"脑海浮现同剧演员的面貌""打开剧本发呆"等随意懒散的行为,在我的内心都算得上是"塑造角色"。

在登台排练或者开机拍摄之前,凝视着剧本冥思苦想塑造角色,这既令人感到愉悦又让人觉得没着没落。具体到我本人,经常是自己设想了很多情景,最终却展现出一个完全不同的人物。换句话说,我对自己"人物观察能力的缺失"抱有极大自信。甚至可以说,在进入拍摄现场之前我所有的思考都是无用功。

即便是进入正式拍摄过程,我确确实实能够保证的也只是"记住该做的事情(通常是台词与舞台提示),准时到达现场"而已。说实话,不实际尝试一下,是无法把握登场人物的情绪的。该角色是怎样的一个人,绝非轻易就能理解的(我是如此认为的)。

从这一点来说,胡须真是让人安心。既然导演要求我蓄须,那么蓄须本身就毫无问题。经常听别的演员讲自己为了塑造角色而减肥或者锻炼肌肉,他们必定是带着喜悦与自豪在遵从剧组的要求。至少是在朝此方向努力。与努力塑造"正确的心灵"相比,努力塑造"正确的形式"比较不会走弯路,更加容易上手。

心灵现于呼吸,忘了是在禅学还是什么书上看到过这样一句话。控制心灵很困难,但控制呼吸就相对简单。舒缓地呼吸,会心灵宁静,而急促地呼吸则会心情烦躁。

(据我的一位乐器演奏者友人说,他在欧洲的音乐学院参加考试时,曾于演奏前做深呼吸,引得周围的欧洲人议论纷纷:"是禅吗?是参禅吗?")

人的心灵就如参禅一般深邃悠远。而即便如此,我们也必须从能够着手的小处开始一点一点去把握。禅僧只是静坐呼吸。而我们演员,就从蓄须开始吧。

酒

若山牧水（一八八五~一九二八）是我的故乡宫崎县的歌人。他又被称为"旅行与酒的歌人"，做有多部吟咏旅行与酒的作品。

他在二十六岁时便曾作过关于酒的和歌："秋夜入白齿，酒当独自静饮矣"，最终于四十四岁时因饮酒伤肝去世。嗜酒至如此程度，似乎也能让人感受到艺术力量之伟大。如有可能，我倒真想跟牧水畅饮一番，但内心又不由生出隐隐惧意。因为牧水在上述和歌中明确表明，他喜欢独自静饮品酒。他决非酒品不善之人。他的好友北原白秋说他醉酒时只是再三重复口头禅"随你便"而已。

把自己跟故乡的知名前辈相提并论似乎显得有些不知分寸，但我的酒品与牧水极为相似。喝得恰到好处时（日本酒二合左右），我话开始多起来，心情也很雀跃，一旦喝多（日本酒四合左右），心情会变得太雀跃，状态也随之切换到"随你便"的模式。

这种模式下，大部分的话在我听来都是"赞美之词"，再严肃的话题我也会嬉笑附和，或许可以说是某种程度上的解脱吧。

话说，为何演员中喜欢酒的人会如此之多呢。就连那位著名的世阿弥也在其传世名著《风姿花传》中写道："好色，博弈，大酒，此三大重戒，乃古人之戒律。"可见，自古以来的演员都是如果不加劝告，会毫无节制地大肆饮酒之辈。

眠花宿柳及打牌赌博也在明文被禁之列，由此可见，当时的演员们没少做这些无稽不经之事。说实话，这么一想，我自己顿时松了一口气。原来大家都一样，并非每个人都能够像罗伯特·德尼罗一样，贯彻禁欲主义。

说起来，去年的大河剧《新选组！》的同剧演员们酒量也都非常强悍。

我并不讨厌酒宴，也经常跟他们一起去喝酒。但看到他们千杯不醉的酒量，我逐渐明白，他们跟我不是同类人。这并非什么酒精分解酶的问题，他们跟我最大的不同在于基本体力不在同一档次上。根本不睡觉的，他们。

每次酒宴持续到深夜，他们就纷纷表示："反正明天也很早就要开始工作，不如就直接喝到早上吧。"可是，发觉时间已晚，不是应该马上散席回家吗？

更让我心生艳羡和愤恨的是，第二天，摇摇晃晃的他们却演得无比精彩。不必要的力量和自我意识完全消失（可能还不止这些吧），展现出的演技非常自然，毫不拖泥带水。

这也是某种形式的"随你便"吧。此时，演对手戏的人绝对不应勉强自己与之对抗，远远地围观便好。毕竟，他们此时已处于"解脱"状态。

当然，这种战略也并非总能奏效。稍有差池，不仅不能与之对戏，还会耗费巨大的体力。或许跟借助药物模拟体验到的"悟道"感觉差不多。

话说回来，牧水也好，《新选组！》的同剧演员们也罢，我对他们那自暴自弃的艺术人生其实很是憧憬。因为我完全无法像他们那样潇洒游走于千疮百孔之中。最终只能是勤勤恳恳一步一步踏实前行。

真是令人懊恼。

钝

舞台剧《父亲的恋情》排练开始。

我扮演的是一位卧床不起的父亲,三十一岁,有两个姐姐。没有工作,四处闲逛,在家里几乎没有发言权。

因而(可能也不是因为上面说的原因),跟其他的角色相比,他的台词特别少。在排练过程中,大部分时间我只是站在舞台上发呆。因为他多是一言不发地观察着家人之间发生的纠纷。

对于演员来说,那份寡言少语很有趣。

有一种说法叫作"运·钝·根"。它是在何地以何种契机留在我脑海中的已不可考,但我清晰地记得它的意思是"运气好,微微迟钝,有毅力"类型的人比较容易诸事顺利。

我身边的舞台剧演员朋友们似乎并不知道这句话,应该并非此行的格言。但不知为何,我一直坚信这是演员的行业守则。

我自身并非聪明机灵的类型,故而"微钝"这一点于我那是如鱼得水。它同时也是我工作进展不顺时的推脱之词。

"没关系,对于舞台剧演员,微微有些迟钝反而刚刚好。"我经常如此安慰自己。

事实上,我们的工作可能真的需要心灵稍微迟钝一些比较好。

从根本上来说,演员是"被动型"职业。按照规定的时间,到规定的地点去,做事先已被规定好的事情——我觉得,演员归根结底就是这样一种职业。

如果有人发出"号啕大哭"的指令,那么我们就要哇哇大哭。开始哭的时间点不由我决定,而哭泣时喊叫的话语也多是事先已规定好的。

"为什么要号啕大哭呢?"这基本上只能是自言自语。对于任何设定都只能想"啊,这么回事"表示接受,否则一切都无法进行。

不仅如此,演员这份工作经常是在反复做同样的事情。在舞台上每天都要重复相同的对话,拍电影和电视剧也经常在不同的地方重复拍摄同样的场景。从上面拍,从远处拍,偶尔会从背后拍,而我们演员只要号啕大哭。

等待也是家常便饭。拍摄电影时,等待自己出场等上半天是常有之事。即便轮到自己出场,在工作人员做各种准备时,演员也只能是调整好自己的状态,等待。号啕大哭,等十分钟,然后，再一次号啕大哭。

我经常感觉导演与舞台指导简直就是神一样的存在，可怜又无能的演员则像是被各路神仙玩弄于股掌之上的古代希腊人。

费尽心思发挥出自以为不错的演技，不料在画面上却只是黄豆粒一般大小的形象。

我经常忍不住心生怀疑："站在那里的人即便不是我也丝毫没有影响吧？"其实仔细想来，正是为了"那里有人"，我们才被雇来的，这是人尽皆知的事实。

当然，这份工作也会带给我们各种各样的乐趣，（下面的论据可能说服力不够强）我本人很喜欢。虽然内心深处的某个角落微有麻痹，但"在那里"的确是我们的工作，不是吗？

即便是像我所饰演的角色那样被称作 Neet 的人们，或许也是出于他们自身不得已的理由而有意将心灵"钝化"的。我并不知道这是好事还是坏事，但如果从演员的立场来说的话，"在那里，什么也不做"与"做点什么"同等重要。"在那里"这件事情本身就是令人感动的。

如果有人硬说这也只是"推脱之词"的话，那我也无话可说。

绊

我在电视剧中扮演过马戏团员的角色。

就是中原中也《山羊之歌》中所吟诵过的荡空中秋千的人。

回想起小学时不能翻双杠的情景，简直就像是在梦中，而我曾经坚决不吃的白肉鱼现在也能坦然下咽，看看现在，我竟然能够扮演荡秋千的人。

长大，有时也并非坏事。

拍摄现场就在台场一座真实的马戏团帐篷中。那里平常是停车场，每次有演出的时候，表演的马戏团会在那里搭起帐篷。这次演出的是"超级马戏团"。剧组请马戏团的演员们教我们荡秋千、表演惊险绝技。

马戏团演出结束后的深夜、演出与演出之间的空暇时间，我们就去他们的帐篷拍摄、练习荡秋千。这种日子持续了一个月左右。

起初光是忙着适应秋千，根本无暇顾及其他，但随着时间的推移，我们跟马戏团的演员们逐渐熟悉起来，开始有机会观察他们的日常生活及后台的情景。

自很小的时候起,我就对马戏团的生活抱有向往和憧憬之情。

马戏团帐篷的后面,有十个可移动的集装箱,那就是演员们的生活空间。另外还有八个组合式的建筑物,是仓库和动物的住所。集装箱不仅仅是住所,同时还是厨师的厨房,是大家打麻将的麻将室。他们自己形成了一个小小的"村落"。

(只是不久之后,麻将室被我们挪用成为剧组演员们的候场室。就这么剥夺了大家的消遣娱乐,真是于心不忍呢。)

非周末的话,马戏团的演出是每天早、晚两次。傍晚六点左右,所有的演出就结束了。当然,这并不意味着当天的工作也已经结束。

客人们离场之后,是他们的练习时间。尝试新技能,修正当天演出时出现的问题,整个现场一片忙碌。空中秋千团队看似很轻松地完成各种高难度动作,我不由问他们:"正式演出时,怎么不表演这个呢?"他们回答道:"不行,这还差得远呢。"看来,他们只会把自己最有自信、万无一失的技能展现给观众。

救生索等装备的维护也是非常重要的工作。每个人都无比精心细致地进行着这项性命攸关的工作。

一切工作结束后,大家聚到一起吃晚餐,然后陆陆续续去公共澡堂洗澡。

再然后就是个人的自由时间。喝喝酒，聊聊天，三五人一起购购物，都悉听尊便。周末、假日的时候，晚上会追加夜间演出，与此同时，当天的练习则取消。

一个马戏团的演员大约有三十名左右，他们非常团结，彼此之间简直就像是家人一般。

当然，在陌生的地方，大家一起做一项非常危险的工作，从专业的角度来讲必须彼此信任。然而，他们之间的感情决非这么简单。大家步调一致地做同一工作，生活节奏也几乎完全同步，日以继日地同呼吸共命运，使他们之间形成一条坚韧的"纽带"。

"超级马戏团"的演员们签署的是一年的合约，在日本各地巡回演出。可以说，他们之间是模拟家人的关系。演员们多是中国人，合约结束后就会回国，与他们真正的家人相聚。又或者与其他的马戏团签约，组成新的"家庭"。

我特别喜欢深夜空无一人的马戏团帐篷中的氛围。此时的帐篷中似乎连空气都绷紧了，甚至偶尔会从某个角落传来一丝高亢的金属铮鸣声，但不知为何又让我觉得很熟悉，很温暖。或许是因为它与我学生时代无数次表演过的戏剧部帐篷氛围相似，又或许是因为我现在的工作场所也总是洋溢着这种氛围吧。

　　我们的电视剧尚在拍摄过程中,"超级马戏团"的台场公演结束了。这是一年公演期的最后一场演出,所以,三十人组成的大家庭至此宣告结束。很长一段时间内我经常拜访的地方,也洗尽铅华,恢复原来的身份——停车场。
　　每一位成员,现在肯定在别的某个地方成为别的某个大家庭的一员了吧。

好

公演的间隙，我爱下将棋。原本只是因为在剧中有下棋的镜头，拿来将棋做道具，但不知为何我竟疯狂地迷上了它。我感觉，我跟同剧演员池田成志先生对阵至少已有百局。

早上，我一进剧场的演员休息室，就发现棋盘上已摆好棋子。那是前一天的残局。接下来，我们就进入对战状态，直到上台前最后一秒。

至于对战的成绩，成志先生赢了估计有九十五次。每次我都输得无比悲惨，但即便如此，也无法抹杀我对将棋的热爱。

说起来，六年前在NHK大阪拍摄早间电视剧《奥黛丽》时，我也曾迷上过将棋。主要对手是石井正则先生，当时我还是有胜有负。

最可怕的，是围观群众。

一旦我们开始对战，闲着的工作人员就会围着棋盘站成一圈，众人七嘴八舌，指手画脚，吵得不亦乐乎，我们两个对弈者根本不在他们的视线之内。工作人员多曾参加过电视剧《双胞胎》的拍摄，每一个人都特别喜欢将棋。每次落子都会引得围观群众发出欢呼或惋惜的叹息，当真是每一步都走得无比艰辛。

只要我输棋，就会有人来安慰我，或者给我来一场个人指导（基本上是强制性的），颇有热心观看少年棒球的中年大叔的风范。

电视剧《奥黛丽》的背景是昭和三十年代以降的电影公司。随着电视日渐普及，电影产业举步维艰，然而电影演员们还是热情高涨地雕琢着自己的作品。外景是在位于京都大秦地区真实的电影公司拍摄的。这家电影制片厂名为"京都电影"，那里至今仍有很多热爱电影拍摄事业的工作人员。每次到那里拜访，我的内心都充满期待。

我所饰演的杉本，最初是一位副导演。副导演要做的事情很多，"打场记板"是其中一项非常重要的工作。有关场记板，了解的人想必不在少数。所谓的场记板，就是写有正在拍摄的场次、拍摄开始时在镜头前打出咔嗒一声响的那个小道具。在剪接过程中，它是声画同步的标记。为了不浪费底片，必须利落地打板后迅速地将板子抽走，有经验的副导演打板动作之熟练、巧妙甚至会让人心生向往。

一旦我在电影制片厂的一个角落偷偷练习打板动作，肯定会有闲着的工作人员逐渐聚拢到我的周围，七嘴八舌传授给我打板的动作。

　　的确，每个人的动作都很熟练，指导起来也都很热心。但让我困惑的是，每个人的动作都有微妙的差异，但与此同时每个人又都坚定地主张自己的动作才是最标准的。于是，整个场面陷入一片混乱。不久，从人群中传出"那个人的打法是这样的"啦，"那次拍摄真是痛苦极了"的声音，整个话题完全偏离打板。我自己一个人专心练习不知要快多少倍。

　　毕竟，他们的工作都是大道具或者演员，跟打板啊，没有一丝一毫的关系。

　　跟热爱电影的人一起拍摄电影，真是让人心情愉悦。经常有人问我："舞台剧和电影你喜欢哪一个？"事实上，在我的内心深处，这两件事情并无差别。

　　只要有人对我的作品说声"喜欢"，那就够了。

子

我第一次登台演出是五岁的时候。

幼儿园排练《昆虫物语·小蜜蜂寻亲记》，分配给我的角色是"壁虫"。听名字就知道，那是一种不太活跃的虫子，它只是趴在墙壁上，几乎不动。我的确就是"壁虫"一样的孩子。

接到角色安排，我立刻翻看昆虫图鉴，查阅"壁虫"的相关知识。然而，哪一本图鉴上都没有"壁虫"这种昆虫。

或许是"椿象"的笔误，或许是我听错了，总之，我花了很长时间思考"壁虫"，但实际上不存在的昆虫，真的很难在脑中勾勒出具体的形象。苦恼了几天之后，我忍不住跟老师商量。

结果，老师很随意地回答道："那么，就改为蜘蛛吧。"

蜘蛛在剧中是反面角色，它总是试图抓住主角蜜蜂。这个角色很受欢迎，由我们班三位比较活泼的同学扮演。也就是说，老师要让我加入他们的队伍。

但是，如果我加入蜘蛛团队的话，"壁虫"这个角色就会被砍掉。虽然我内心觉得"蜘蛛更帅气"，但还是不由脱口而出说："我只想演壁虫。"这让老师们都很为难。

或许对于实际上并不存在的"壁虫"，我已然生出无法割断的眷恋之情。又或许对于老师们分配给我一个可能存在也可能不存在的角色，我心怀不满吧。总之，与老师们经过长时间的协商，最终将壁虫定位为"支持蜘蛛阴谋的神秘黑色昆虫"。我对这个结果非常满意。但是表演当天，我的角色看起来只是"第四只蜘蛛"而已。

而如今时隔二十又七年，我突然意识到与幼儿园时相比自己并没有丝毫进步，内心无比惶恐。如果现在有人让我扮演"壁虫"，那么我仍然会首先翻看图鉴，然后在可有可无的事情上无谓地坚持，让身边的人不知所措。

我现在拍摄的电视剧是以保健所为舞台背景的。我扮演的角色是保育员，与十二名孩子共同演出。

跟同龄人交谈我都有时会跟不上节奏，跟小学生谈什么内容好呢，最初我非常担忧。但好在孩子们跟我交流时都很注意，幸而没有出现很大的尴尬。细想来，自孩提时代起，我就是一个老成踏实的人。

俊太的扮演者小室优太今年六岁，跟同龄孩子相比，他算不得机灵，所以我自作主张地在内心对他抱有亲近感。但是，他的演技相当精湛，真可谓"后生可畏"也。

跟俊太真正亲近起来，是两个人一起玩从后倒着读自己所扮演角色的名字这个游戏开始的。"俊太（しゅんた）"倒过来就是"太俊（たんゅし）"，在日语中这是个无法发音的不存在的词。俊太年龄小无法理解，我只好搜词寻句地给他解释何为日语的拗音。正当我兴致勃勃大加说明之际，俊太突然发现我所扮演角色的名字"元一郎（げんいちろう）"倒着读的话是"虚阴毛（うろちいんげ）"，"虚"所蕴含的无常的语感，与"阴毛"所展现的毛毛刺刺的形象相结合，真是无限生动。我们两人玩得不亦乐乎。

其他孩子们都叫我"元哥"，但我相信，俊太内心深处肯定在偷偷喊我"阴毛"。

讹

来东京最初的两年时间，我一直住在宿舍里。

那是位于市谷的宫崎县学生宿舍。房租低到令人惊讶（没记错的话，应该是一万七千日元），而且没有门禁，对于刚上京的年轻人来说真是近乎完美的栖身之所。

但唯有一点不足之处，那就是口音总是无法改正。

宿舍约有一百人左右居住。当然，大家都是宫崎县出身的学生。在同一区域还有宫崎县府的宿舍，供到东京赴任的政府职员及其家人居住。同时还提供宫崎县民进京之时的暂居之所，所以多的时候甚至有近三百名宫崎人聚集在市谷地区的一角。

很多大使馆也位于市谷地区，每个国家都形成他们各自的一个小团体，而这其中，尤以我们"小宫崎"是不容小觑的势力。从环境上来说，基本上相当于整个村子原封不动从宫崎县搬到东京，所以没人勉强自己特意去学标准语。

即便不是环境问题，宫崎口音也比较难改。直到如今，我一旦感情激动或者要说关键台词的时候，就会不由自主爆发出宫崎口音，让周围人下巴跌落。

　　进京一个月后，我加入了大学的戏剧研究会。我自我感觉自己说的是标准的普通话，但实际上宫崎口音似乎非常严重，为此没少受前辈的责备。研究会给每位成员都发了一份叫做《滑舌表》的绕口令一览表，我就是通过上面的"お綾や親におあやまり、お綾や八百屋におあやまりとお言い""抜きにくい釘、引き抜きにくい釘、引き抜きにくい釘抜き"等绕口令，逐字记忆标准口音，甚至连外语的例句也逐一背诵。

　　在此期间，我几乎不与其他的住宿生讲话。一方面，彼时排演及之后的收尾工作让我异常繁忙，同时，我自己也是有意识地在避开宫崎方言。深夜安静地回去，翌日又悄悄地离开，我一直过着这样的生活，直到两年后我离开市谷的小宫崎。

　　如今，我已不会说宫崎方言。即便我努力去说，也带有浓重的刻意感。除非是情绪高涨、感情激动时，我已然是说不了宫崎方言了。

　　彼时宿舍中洋溢的，定是更为丰富多样的话语。用餐时的"好吃"，喜悦之时的"谢谢"，都是质朴纯真，感情充盈。毕竟，那是自己生来即在使用的话语，而凭借这共同的语调，更多的人才得以从万千人中辨认出自己的乡人。

听到口音，不管是哪里的口音，都会让我感到愉悦。若能在旅行时听到当地的口音就更妙了。如果有"口音崇拜"这一分类的话，那我肯定符合其标准。

（我曾经跟一位操着越南口音英语的女孩有过交谈，她的话语相当有魅力。）

话说起来，我还从不曾用宫崎口音演过戏呢。总是用十八岁之后才记住的语言，换句话说就是人工植入的语言表演，细想来，真是不可思议。

我这种状况，跟乔伊斯及乔纳森·斯威夫特等爱尔兰作家用英语写作很相似吧。是好是坏，我无从得知。

声

这次，我的工作是声优。

是为题为《战斗妖精雪风》的动漫配音。从类型上来讲，这是一部军事科幻题材的作品，内容是未来空军与神秘敌人迦姆之间的战斗。

这部动漫系列基本是以半年一部的速度制作，从三年前我时不时就会被召唤去配音。本次第五次收录的是完结篇，真是可喜可贺。

我是为一位驾驶"雪风"战斗机的王牌飞行员配音。

这并非是我第一次担任声优，然而毕竟这次是重要角色，心里总有些许担忧，生怕自己给其他人添麻烦。

但是，这位飞行员（名字叫作深井零）是位极为沉默寡言的人。除非万不得已，决不开口，非常孤傲。

动漫的登场人物不开口，那声优也就无事可做，只需表情严肃地站在麦克风前就好，这真是帮了我大忙了。

并且，进入战斗机后，飞行员都要戴好头盔，这也正合我意。因为这种场景遮住了动漫人物的嘴巴，如果说台词的时间点没有把握好的话，正好可以借此蒙混过关。配合剧中人物的嘴型说话，看似容易，其实难于上青天。

我逐渐适应了声优的工作。而在剧情发展中，深井零开始对身边的人敞开自己的心扉，相应地，他的台词也多了起来。时间上真是恰好到处。

当然，除我之外，参加演出的人都非常优秀。

山田美穗女士除了担任声优之外，同时还从事旁白工作。我非常喜欢她那优雅的鼻浊音。

有一次，导演要求山田女士发出"锐利的尖叫声"。山田女士立即发出"啊——！！"的一声尖叫。完美的高分贝尖叫声。我正深感佩服，只听导演又有新指令："嗯，请稍微低一些。"山田女士一秒也没有停顿，立刻发出稍微柔和一些的尖叫："啊——！"

活到现在，我从不曾想过尖叫声也可分为好几种。

声音的世界，其实很深奥。

我曾跟朋友谈起过"听觉型"和"视觉型"的话题。换句话说，就是在阅读小说的过程中，读到引号内的会话部分，有的人会"想象说话的声音"，有的人会"想象说话时的姿态"。

我可算是"视觉型"人。阅读剧本时，台词很少会转化为声音，眼前浮现的多是念着那些台词的我本人的形象或者周围的风景。

而至于动漫,因为其大部分情况下影像会提前完成,故而最先思考的是"这个人的声音是什么样子呢"这样的问题。

声优就是从这个问题出发,打磨自己对声音的感觉的。

虽然给同剧工作人员添了不少麻烦,但对我来说,的确是非常愉快的经验。我非常期待能再次有机会挑战声优的工作。

若是沉默寡言的角色,我随时都热烈欢迎。

旅

为拍摄电视剧,我去了一趟奄美。虽然只停留了短短的一周,但那段时间我一直处于"心醉神迷"的状态。拍摄间隙,到处游玩,品尝美食。

不知为何,每次外出旅行,我都"心醉神迷"。

说实话,在日常生活中我并非是追求刺激的那类人。微微感到一丝无聊,这种程度对我来说刚刚好。出门散步大致都在同一范围,今天吃的晚饭往往跟前一天完全一样。没错,我就是怠惰保守的都市生活者。

然而,一旦外出旅行,我瞬间变得活跃起来,总是抓紧一切时间,到处走走,看看风景。

这次到奄美也是如此,虽然我一再提醒自己不是来游玩的,但一到当地,还是忍不住立刻到书店搜寻民间传说、乡土历史的书籍,傍晚还去往博物馆参观。

——书上说奄美地区是日本屈指可数的多雨地带,年均雨量达两千八百毫米。

你说,了解这种知识有何用呢。在那一周里,我喝了黑糖烧酒，尝了鸡饭，嚼过露兜树果，饮过甘蔗汁，吃过苦瓜、夜光蝾螺和海葡萄。

彼时我的状态，就是对"心醉神迷"一词最好的注解。

正如"心醉神迷"一词所示，我其实处于轻微的惶恐状态。

说是旅行，对于我来说，多是因工作而成行，并非个人主动要前往"未知之地"。一般说来，外出旅行之前，往往要订旅馆，查导游书，在此过程中虽身未动，但心已飞往目的地。而具体到我，这些前期工作都由工作人员代劳，在去往目的地之时，我的内心深处其实毫无准备，往往是在到达之后，才产生对"未知之地"的实感。

细菌培养皿中的小虫如遇环境变化，总会惶恐不安，探出触角左触触右碰碰，试图查知自己的处境。我也是如此。因为过于着急收集信息，我甚至点了平常绝不会碰的羊肉汤（倒是很好吃）。

这部电视剧讲述的是小野田宽郎先生的故事。战后，他不相信战争已经结束，在菲律宾的密林中坚持"战斗"整整三十年。我扮演的是试图寻找并最终成功找到小野田的二十五岁的探险家。

这位探险家名为铃木纪夫，是位真实存在的人物。拜读过他的著作《大流浪》(朝日文库)后,我深感他其实颇有童心。

或许,铃木先生一直"心醉神迷"吧。所谓探险家,就是到人不曾到的地方、看人不曾看的风景的人,他们凭借自己的触角,探索着周边的环境,不断前行。三十年间从不曾"心醉神迷"的小野田,在总是"心醉神迷"的铃木身上,必定有所感悟。

蛇有蛇道,鼠有鼠路。入乡须随俗。行者之心当在行走之地感受。凭借此类谚语,我努力使自己在奄美的出格行为看来不那么突兀。

乡

我向公司求得放暑假的机会，得以回宫崎县出演戏剧，与当地一位名为滨崎惠子的女演员共同出演一部双人剧。

对我来说，这也可算是回乡探亲。在故乡逗留如此之久，自高中毕业以来还是第一次。经过东京两周、宫崎十天的排练之后，便是为期三天的正式演出。那是仅限宫崎县的一场小小的公演。

规模小归小，毕竟是正常的公演，严格意义上讲并非"休假"，但偏偏就无法找到更为合适的说法。这一个月，我的心情就像是回乡下祖母（虽然滨崎女士不过六十而已）家过暑假一般。

这次公演，得到当地多位志愿者的大力协助。

后台连续多日都摆放着我的乡人们亲手做的料理，数量多到令人惊讶，简直就像是夏日的庙会一般。饭团、猪肉酱汤、凉拌蔬菜、什锦寿司饭——在大家同心协力的善意支持下，公演顺利结束。而我，胖了四公斤。

在宫崎逗留时，发生了诸多事情，然而返回东京后，我心头涌起的,只是"愉快极了"这种三岁小孩也会有的感想。

真是理想的返乡之旅。

每次回家乡大抵均是如此,并无任何特别之事发生,最终倒是都会以体重的增加画上句点。不,倒也不是真的没有任何事情发生,只不过所发生之事皆为个人事务,且是当地的事情,即便返回东京后有人问起"乡下如何",也无法很好地加以说明,只能胡乱搪塞一句"愉快极了"而已。

凡事种种,皆有其适合讲述之所,并非放之四海皆准也。

这次返乡,我得到机会,得以拜访久未谋面的高中时代的恩师伊藤一彦先生。

伊藤先生是位歌人,据说最近在指导高龄者做短歌。他所编集的《老来当歌》(矿脉社)中,收录有多首优秀的短歌。比如:"二人皆龄增,耳背语不对。相顾笑颜别。"(栗原久先生,一〇九岁),再比如:"对饮咖啡话旧时,心有戚戚神儿飞。初恋之味惹人醉。"(安藤贵美子女士,七〇岁)等。老奶奶的和歌尤为美妙,听来似乎是在用只有自己房间里的人才能听到的音量吟咏,自己也恍若到老奶奶房间玩耍、听老奶奶讲故事一般。

这或许是我的个人偏见,我总觉得老奶奶似乎会为我们讲述很多个人化的、当地才有的故事。这不正是妙处所在吗?

老爷爷多会为我们讲述"为了大家好"的故事。孔子、苏格拉底及松下幸之助都是老爷爷。

总感觉老奶奶是为了"身边的人"而讲故事。那样的老奶奶讲述的那样的故事,更适合到老奶奶房间、看着老奶奶的脸听。非是那样的距离无法传递的语感,这种微妙的差别还是有的吧。

本次与我同台演出的滨崎惠子女士也有很多值得讲述的故事,但我以为,以一句"愉快极了"作为回顾再恰当不过了。

世上有一种故事,非是在小而又小的场所,无法讲述。

访谈　真应该当官来着

　　我成为演员，始自于大学一年级时。高中时我就加入了戏剧部，或许会有人因此认为我自小便是戏剧少年，但实际并非如此。

　　我就读的高中是以升学为目的的学校，从早自习的"第零节课"开始，每天都有八节课。教室只是被当作背诵升学考试内容的场所，学生是否喜欢某部作品、甚至是否喜欢学问，学校并不关心。这样的课程极为无聊，我只好从社团活动中去发掘乐趣。

　　我不太喜欢运动，因而想要加入一个文化类社团，最好顾问老师和前辈都不摆架子，能够悠闲一些就更完美了。结果，刚好发现戏剧部比较式微，没有成员。同时我还发现百人一首部也很不错，他们的活动室更为简朴，只有两张榻榻米，上面孤零零放着一摞纸牌而已（笑）。同样也没有成员。在我心中，它跟戏剧部势均力敌。最终，我选择了戏剧部。倒也没有什么特别的理由，就那么做出了选择而已。

　　演出戏剧的确挺有趣，但当时我丝毫没有想要成为演员的意愿。我的理想是升入国立大学，成为官员。然而，国立大学全部落榜，最终考入的倒是早稻田大学。

因为早大是私立大学，所以我内心隐约觉得，我今后的出路或者是进公司当职员，或者是考取教师资格证，成为教师。但另一方面，当演员这个念头或许也是生于此时，毕竟，早大拥有很多戏剧社团。当然，从我私心来讲，培养出多位知名演员及以"第三舞台"为代表的多家剧团的剧研（戏剧研究会）更有吸引力一些。

只是，黄金周结束之前，我都不能最终下定决心，每天都愁闷不已。你看啊，剧研的人穿着破破烂烂的衣服，脸上的表情总是像被邪魔附体般不太正常，每天只是打打扑克之类的，很可怕的（笑）。除此之外，一旦正式加入剧研，我就要坚定地走下去，决不半途而废。如此一想，我的眼前似乎出现一系列场景：从大学退学，父母切断给我的经济援助，我陷入经济孤立状态，靠打零工维持温饱，最终成为一个一辈子都无望有固定收入、人人厌恶的大叔（笑）。模拟完自己的悲惨人生，抱着最终会离家出走的觉悟，我加入了剧研。

事实上，我可以做到学习、戏剧两不误，但是，毕竟我是"离家出走"了，那何必还要勉强自己去上课呢？正如模拟人生中的情景，我于大学三年级正式退学。事先完全没有跟家人商量。回到老家，我单方面跟家人宣布："我已经提交了退学申请。对不起。"

这下，可算捅了马蜂窝了。父亲倒也并非一定要我从事所谓正规职业，只是他认为，如果只是在东京演戏的话，那当初完全没有必要考大学。"你知道为了供你上大学，家里花了多少钱吗？"那之后的七八年，我跟家人断绝了一切联系。直到出演早间电视连续剧《奥黛丽》（二〇〇〇年）后，我才终于与家人和解，得以返乡探亲。

从走上演艺之路至今，第一次到专业的公演客串演出，第一次拍摄电视剧，第一次拍摄电影等，我邂逅过数次命运的转折点。但，现在想来，刚加入剧研时，是我意气最为高涨之时。在演艺之路上行进一段之后，本人不需要强调，别人也会认可你是演员。但当你是一个大学生的时候，若想要别人认可你的演员身份，必须将"我是演员！"的幻想强塞给你的客人，同时也说服你自己相信。原本这就是毫无根据的观点，所以自己很容易产生气馁情绪，此时必须得经常告诉自己"我是能够轻松调动五千人的情绪的男人"，通过这样的自我暗示让自己保持情绪昂扬。因此，我此时最意气风发，之后便开始走上平缓的下坡路，结果就成了现在这个状态（笑）。但是，这同时也表示我开始放下心理负担，不再端着，倒也不是坏事。

一九九二年，我与剧研的伙伴们组成了"东京Orange"

剧团，开始了演出活动。作为客串登上剧研的舞台时，我二十一岁。自一九九五年，我又开始出演电视剧。

事实上，我自己也觉得自己很幸运。古田新太、生濑胜久等优秀的演员到小剧场发掘新生代演员时，我刚好在场。前辈们披荆斩棘开辟道路，而我，只是幸运地踏上了坦途。

我有幸得到很多参演优秀作品的机会。尤其是去年（二〇〇四年），我在大河剧《新选组！》中扮演的山南引起巨大反响，真的令我欣喜万分。

开始拍摄之前，（编剧）三谷幸喜先生跟我说："你就把山南想象成到日艺（日本大学艺术学部）剧团客串演出的早大剧研成员就没问题了。"（笑）。三谷先生毕业于日大艺术学部，他说日艺的剧团宗旨是只要开心享受表演就好。而早大剧研的成员则极为聪敏，好像随时都可以谈论"斯坦尼斯拉夫斯基是……"之类晦涩难懂的戏剧论。

三谷先生想象中的山南是这样一位早大剧研成员：跑到日艺剧团，滔滔不绝讲述戏剧论，甚至会对导演提意见说"那里不对吧"，惹得年轻女演员无限崇拜。排练结束后大家一起去喝酒，他也口不离演技论，所有成员都深感敬佩地侧耳聆听，但他离席之后，大家都长舒一口气，重新开始愉快地喝酒。

当时，三谷先生似乎并不知道我出身于早大剧研（笑）。

听三谷先生这么一说，我不由深表同意。当时，剑派与学阀有相似之处，门派观念相当严重。那么，隶属于武道大派北辰一刀流的山南，为何会拜到近藤勇等人所属的天然理心流门下呢？为何他会加入一群既不通时势又剑术低下的人呢？我本人也深感这个矛盾之处颇为有趣，故而三谷先生的说明真是说到我心坎里了（笑）。

托三谷先生的福，山南颇得观众的喜爱。山南的粉丝们都是好人，我从不曾因为他们产生一丝一毫的不愉快。在路上偶遇，他们会非常有礼貌地打招呼；有时他们会在NHK大门前等我出来，总是尽量站在不妨碍他人通行的地方，我一出来，彼此之间点头微笑之后，就安静地离去（笑）。这或许是拜山南本人性格所赐吧。

直到如今我偶尔还会被叫作"山南先生"，我并不觉得受到冒犯。因为我所从事的工作，并非是为了换取人们记住我堺雅人的名字。堺雅人扮演山南敬助，这其实是一种折射的自我表现，我希望观众把我当作山南而不是堺雅人。如果观众能够通过山南这个角色，觉得堺雅人是个好演员，我当然高兴，把我叫作"山南先生"，我也非常欢迎。

现在我的日程安排是，拍摄完毕现在（二〇〇五）播放中的《引擎》，八月份要回宫崎，与高中时代的恩师滨崎惠子女士共同演出一部题为《宫城野》的双人剧。这部剧，滨崎女士曾经与她的丈夫一起演出过，丈夫去世后，滨崎女士将其改为单人剧。本次为纪念滨崎女士主持的"二人会"成立二十周年，再一次作为双人剧公演。二十年来，滨崎女士都将滨崎先生放在心中，一个人独自出演这部曾经的双人剧。我必须设法使滨崎女士接受我的表演。若是没有地域咒语的束缚，这种戏剧是无法实现的，演出限定于宫崎真是英明的决定。辛苦是很辛苦，但很开心。我原本就很喜欢这种先锋戏剧（笑）。

现在想要出演的角色吗？并没有特别想要出演的角色。如果自己能够决定的话，我也许会认真思考一下，但我并不是剧团的主宰者，不能自己挑选角色。有时会被问道"是否有写剧本的计划"，我从来不曾有过这种想法。我更适合拿着别人写的剧本，揣摩其中台词的念法。

我的个人生活方面，完全没有值得跟大家汇报的事情，真的（笑）。我不做运动，也没有驾照。不怎么出门，最多也就是在家附近散散步而已。

喜欢的女性类型吗？我不会因为某位女性是某个类型而喜欢上她。只是，喜欢上之后会发现，最先吸引我的总是话语，接下来是声音和脸庞。

从一个人的字可以看出他的性格，是吧？同样，我认为一个人说的话也能够体现出他的人品。有人喜欢用貌似高深的词汇，有人喜欢用简单随便的词汇。并非说是喜欢哪一种，而是说我很喜欢从某个人的语言中推测他是怎样的人。声音和脸庞也是，有的人的脸庞就是会让人不由自主想要盯着看呢。每个人的喜好都不同，只要自己觉得好就好了。

喜欢上之后，该如何进一步行动，也要因人而异。我觉得，从初次见面起，最好两个人一起逐条定好规则。至于自己的行动原则，我从不断言"我是被动型，决不主动出击"，对于"以后会后悔的，赶紧告白吧"之类的好友忠告，我也从不听从（笑）。毕竟，喜欢上别人的人，是我啊。

我理想中的休息日是，上午去书店，发掘自己喜欢的书，然后去咖啡店闲坐，肚子饿了的话就回家，吃饭，睡觉。大部分情况下，我都是按照我的理想度过的休息日。

家务活我也想自己认真地做。因为我所从事的是非日常性的工作，总感觉有与日常生活脱节的倾向，所以，早晨起床后好好吃饭，了解现在超市在卖什么东西，是非常必要和重要的。

产生这种想法，只是最近的事情。刚开始演戏时，我曾经以为必须要脱离浮世众生，才能当个好演员。

但是现在，我终于发现，必须要对自己所处的环境有深刻的了解。以此为出发点所做的一切，都不会差。我也到了能够这样想的年龄了。今年已是三十有二的我，与二十岁时相比，心境发生了很大变化。难道说，这是因为山南先生的性格在我身上尚未完全抹去（笑）？

（首刊于《妇人公论》，二〇〇五年七月七日）

灵

我不曾见过幽灵。

应该是里见浩太朗先生吧,据说他在出演某位历史人物时,曾经在枕边看到过那位历史人物。多神奇啊。

如果只是个梦的话,那么,考虑自己所扮演的角色到此种程度,相当厉害;如果那真的是幽灵的话,就更加厉害了。我也曾多次扮演历史人物,但遗憾的是,从来不曾看到过那些历史人物的幽灵。

我是完全"看不到"那类东西的人。

尽管如此,扮演实际存在的人物,是非常有趣的,有一种扮演虚构人物时没有的安心感。

扮演虚构人物时,看着台词,我经常会感到不安,忍不住产生"真的会有这种人吗?""会有人做这种事情吗?"之类的怀疑。当然,这并不影响作品的魅力,有时这种违和感反而让人感觉很有趣。只是,我仍然会感到不安。

而反观真实存在的人物,"那个人做过这种事情"多是事实,作为扮演者,我心里比较有底。如果可以的话,真希望在演出时，他能够在现场飘来荡去；再如果，他能够时常提意见说"不错！"或"这里不对！"的话，就更好了。

那个人曾经"存在过"，仅这一点就足以让我安心。如果是"存在着"的话，于我来说，就更加无可挑剔。

孩提时代，我非常羡慕"看得到"那类东西的人。

长大后，的确是不再"想看到幽灵"了，但是对于"能够看到我看不到的东西"的人，我仍然心存向往。而这份向往，已经转化为对被称作"天才"之人、画家和诗人那样，将我所不知的形象刻画为现实之人的向往。

同样的风景，在画家与诗人的眼中看来是怎样的存在，我无从知晓。我所能做的，只是通过他们的"作品"，去推测，去想象。或许，在世界的某个地方，存在着我无法看到的风景。非借助他们的"眼睛"，我无法感知这片风景。

对于被称作"天才"之人，我心怀崇拜、敬重和羡慕之情。同时，也有恐惧、嫉妒、厌恶之意。如今已是成年人的我看待天才的目光，与儿童时代的我看待"能够看到妖怪"的朋友的目光，是不是几乎没有差别？都是羡慕、恐惧与好奇心交织在一起的目光。

我之所以如此漫无边际地沉思遐想，是因为此次我要扮演一位美术教师。自己是一位资质平凡的普通人，但所教的学生中却有"天才艺术家"。最近我一直在揣摩,那究竟该是怎样的一种心情。

对于幽灵等"看不到"的存在,《论语》中有简单明了的表述——"祭如在"。如今的我,采纳了这种思考方式。对于看不到的人,就当能看到那样去对待,就是这样。

完全就像是演哑剧,就当神灵存在一样去神社参拜,就当逝去之人犹存一般去祭祀。我既看不到神灵,也看不到幽灵,但对于那类故事,我就采取"祭如在"的态度,老老实实听别人讲。

与"看得到"之人交往时,如能"祭如在",则定可与其分享同一世界。与天才的交往,或许也是如此吧。

学

心血来潮，我决定到驾校学习驾驶。

自然，这是我生平第一次开车。

踩油门加速，踩刹车减速，每个动作都让我觉得新奇，兴奋无比。

每天都过得很刺激着实不赖，但，人在初次体验某种东西时，往往无法保持从容。

每每被教练责备之时，或心生怒气，或暗自沮丧，或回嘴辩解，又或草率应付，实在繁忙得紧。

我从未曾想自己竟有如此丰富的情绪。

简直像中学生般脆弱易受伤。

但，毕竟我已是三十有二，会努力注意保持理智。饶是如此，仍经常满脸不高兴地怒视着教练，听他的说明。

对老师来说，这应该是很大的困扰吧。若是驾校学生都似我这般的话，连我也不得不对老师们深表同情了。

说起来，传道授业的职业总带有某种感伤的底色。

面对学生的不安与忐忑，须得耐心安抚，必要时还须虚言哄之,而终于冷静下来、相处习惯的学生又转瞬即毕业离去。

对于学生来说,学校就是学习知识的地方。一旦无法获得新技能,便无在此停留的必要。

教练花费很长时间传授给学生驾驶技能,却从不会接到学生一起开车兜风的邀请。

学生在此习得新技能后随即离去,又有新一批学生来而又往。唯有教师,总是留在原地。怎能不寂寞?

可是,同情教师的学生似乎又有些令人不快,或许反而会让老师们感到困扰吧。

我现在正扮演教师角色,故而不由对此深有感触。

电影《蜂蜜与四叶草》的主人公是五位美术大学的学生。

他们关系密切,即便不拍摄的时候,也总是一起谈笑风生。

五位扮演学生的演员中,加濑亮先生与伊势谷友介先生跟我年龄相仿。

然而,我似乎很难融入他们的话题,多数情况下,我只能站在远处看他们聊天而已。

单独面对他们中的任何一位,我都不会感觉有如此距离(虽稍嫌啰嗦,但我必须再一次强调,我们年龄相仿)。但五人聚齐时,我就是无法走近。

扮演教师的我,无法融入五人的圈子。

学校的老师们,下课后看着愉快谈笑的学生,是否也会产生与我同样的感觉呢?

这或许是作品氛围使然吧。

电影中的五人经常处于混乱状态。不得要领,乱七八糟,性情多变,心浮气躁,矛盾不断。然而,五个人相互依靠,神奇又恰到好处地弥补了彼此的不足之处。

这样微妙又牢靠的圈子,大人是无法贸然闯入的。

就像是日本人假扮外国人步入日语课堂,实在是过于滑头。

言归正传,驾校,我花了一个月左右顺利毕业。

然而,我现在想要的车,是带有辅助刹车的教练车。

当然,还要带有教练。两个人悠闲地兜兜风也不错。

对于老师来说,这必是最困扰的事情了。这一点,我心里很清楚。

鼓

我买了一面小鼓。

在电视剧《出云的阿国》中,我要扮演一位打鼓人。

自中学的铜管乐队以来便不曾认真演奏过乐器,然而,第一次拿到自己的鼓,内心还是欢欣雀跃。

锃新闪亮的乐器,光是看着就让人激动不已。

小鼓是一种和式乐器,演奏时放在右肩上,喊一声"咿哟——"后,砰地敲击一下。

中空的鼓身两端覆以动物皮做鼓面,敲击前方的鼓面以发出声音。

然而最重要的,并非是直接敲击发出的声音。

敲击产生的震动,通过中空的鼓身,连动后方的鼓面,这后方鼓面发出的"卟咙卟咙"的声音,才是小鼓真正的乐音。

故而,录音时,麦克是对着弹奏者背后的(即让麦克对准后方鼓面),据说掏空鼓身时形成的雕痕的微小差别也会影响音色。

说起来,小鼓真是迂回婉转的乐器。

有两张鼓面，明明用鼓槌等同时砰砰敲击两侧即可，却偏要将一面当作扬声器般的共鸣板，这可能就是它的独到之处吧。

原本从中国传来之时，的确是砰砰敲击的演奏方法，但在日本盛行时却改为徒手敲击单个鼓面的"迂回婉转"式演奏法。

比起华丽的鼓槌敲击法，彼时的日本人似乎更中意单音节的"深度"。

我所扮演的打鼓人，出身于能乐剧团。

故而，我还稍微学习了一些能剧的动作，感觉那同样也是"迂回婉转"的。

譬如前行之时。请想象一下在能剧舞台上缓慢前行的姿态。

能剧演员们前行之时，似乎同时被某种力量向后牵引一般。

他们特意通过反向之力，表现前行动作的"重量"与"深度"。

世阿弥在《风姿花传》中，也有类似表述。

"欲演怒涛之势，必存风柔之心。"（要演绎激烈动作时，不可以忘却柔和之心）

这种想法不仅适用于身体的动作，心灵的变化也同样适用。这与西瓜撒上盐再吃的道理是一样的。

争执之时若能面带笑意,有时反而会增加愤怒的"重量";怒目紧盯恋人,或许反而会表现出爱的"深度"。

但若不能把握分寸,则只会让人不知所云。

难得有机会扮演打鼓人,当然想将其演绎为有"深度"的形象,若刻画成不知所云之人可麻烦了。

如果想要同时表现"深度"和"易懂",只能是"虽欲表现易懂之事,行动却兜兜转转,晦涩难懂"或"多方虑及艰深之事,却最终采取最为直白易懂之动作"中的某一种吧。

两者皆有其在理之处,但将其落诸笔端,竟失去了头绪。

写作此文,本意是表达"大鼓不易"。

但貌似我没有把握好分寸。

寒

在冬日的京都拍摄电影。冷。

我出身于宫崎县，故而于我来说，全国大部分地区都是寒冷之地。盆地的冬天就更甚。

就如长时间坐在滑冰场中一般，寒意扑面而来，接踵不断。

这，大约就是所谓的"寒冷彻骨"吧。

演戏大抵离不开冬日场景。

本次同剧演出的铃木一真先生"最冷的拍摄"是"在寒冬的日高山脉，赤裸上半身骑马，大雨浇身"。说出的每一个单词都带着寒意。倒是能感到坚韧的力量。

织本顺吉先生这样的老将就更加了不得了，最冷的拍摄是"盛冈河岸零下十七度"。据本人说因为实在过于寒冷，拍摄内容是什么都记不清了。真是够冷的。

问及菊川怜女士，她只说是"因为当时穿着泳装……"似乎也是冷得够呛。我没有勇气继续追问下去。

虽不及泳装，但古代平民的衣服也毫不保暖。材料是棉布，没有帽子，没有围巾，没有手套，没有袜子，光脚穿草鞋。

住的地方也是由单薄的木板搭就，四处漏风。以现代人的感觉来看基本就是露天。

古代必定有很多人因感冒失去生命。

古代人可真不容易，这么想的同时又不由产生一丝疑问："真是曾经如此吗？"

不管怎么说，在那么冷的屋子里赤脚薄衫未免也太悲惨。丝织品和羊毛制品就不提了，难道就没有其他的"保暖品"吗？稻草编的拖鞋，碎布拼凑的围巾，再不济，枯草做的席子也可以啊。

有关中世庶民的生活，史料中或许并无记载，唯有希望研究者们能有所发现。

据说冬天时蒙古族会在蒙古包的地板下面塞满动物粪便，似乎保温效果不错。欧洲的壁炉看起来很暖和。美洲的原住民会严严实实地裹上动物皮毛（在我看来如此）。

为何偏偏十七世纪的日本会如此寒冷呢？

顺便跟大家汇报一下，我"最寒冷的拍摄"是"奥志贺高原零下十五度"。滑雪场的场景。

说是顶上人迹罕至且景色优美，我们便一直攀登到了很上面的地方。结果，上面狂风暴雪，根本看不到任何景致。

场记的圆珠笔被冻住，无法使用，被雪埋住的收音员高高举起的麦克风杆成为大家唯一的辨认标识。算得是一场小型灾难了。

让演员们深感困扰的是"笑不出来"。人在特别冷的时候是无法调动笑面神经的。本应是洋溢着温馨笑意的滑雪旅行的场景,硬是变成了庄严肃穆的氛围。

本次《出云的阿国》中,我扮演的是不苟言笑的角色。万幸,万幸。

这个冬天,也会有很多演员在世界的不同地方体验着寒冷吧。

或许有人要潜入冰冷的海水中,有人要扮演不能动弹的尸体,又或许,还有人要一丝不挂。

诸位,春天来临之前,我们一起努力吧。

街

为拍摄电影,我来到札幌。
或许是抱怨京都的寒冷遭到报应了吧。
二月的札幌。
今后什么都不说了。大吉大利,大吉大利。

当然,若不算寒冷,在札幌过的日子还算不赖。
这次,我租下片场附近一间带家具的公寓。住宾馆倒是也不差,但我更喜欢住公寓。
可以自己做简单的料理,最让我中意的是,可以装作住在札幌的样子。
生活状态与东京大致一样。
用过早餐后到片场,一直工作到深夜。若收工早,就在街上随便逛逛再回家。
休息日就在附近的咖啡店看看书。夜幕降临后到超市买点东西,回家。烤三文鱼,凉拌菠菜,清炖鳕鱼,吃完后美美地泡个澡,出浴后小酌一杯,睡觉。
心境上我已完全称为札幌人。也无风雨也无晴的普通生活最美好了。

就像是一个人偷偷玩豪华版"过家家"一般。又开心，又满足。

平常，我甚少旅行。

说来有些难为情，我不太能够坐飞机及新干线等高速移动的交通工具。每次到达目的地，很长一段时间总感觉身体与头脑是脱节的。虽清晰知晓身体已然移动，但头脑却无法同步。或许，头脑正不紧不慢地（据经验看来，大约相当于自行车的行驶速度）追赶着身体吧。在头脑搭载的自行车到达之前，我总感觉有些稀里糊涂。

或许只是晕车而已吧。

故而，即便是工作，若日程允许，我大致都会提前一天到达。

这是为了让头脑接受移动这件事、并熟悉当地环境而预留出准备时间。

自然，并非每次都能如此悠闲。而且说实话，即便熟悉了当地环境，也并不意味着演技会有所提高。

踏着开拍铃声进入片场的演员，有时会表现出惊人的集中力，这样的事例不在少数。

所以，这是个人的心绪问题。

于我，如果场景中有自己的房间的话，那我会尽可能久地待在那里，舞台是札幌的话，在那里住下是最好的。

棕熊会通过"留下气味"的方式圈定自己的势力范围。

（说起来，如果我初次到达某地，怎么都不舒服的话，我总是会采取"用该处的厕所"这个魔法。）

"塑造角色"这个高端大气的词汇，于我，或许只是去熟悉和适应该角色身上所裹缠的种种事物而已。

而我的"扮札幌人玩儿"游戏，却在意想不到的地方露出马脚。

每到冬日，札幌的人行道上便会因积雪而光滑如镜。每个人都是在冰上行走。

真正的札幌人凭借长年的经验，走起来毫不费力。甚至有人奔跑如常。

然而，我这种冒牌札幌人，却不由得力量灌注全身，一眼便会被看穿。

万般无奈，我只好穿上可拆卸的钉鞋，这可真是颜面无存。

简直就像是带着异教徒的标识在行走。

适应当地之途，道阻且长。

病

电影《壁男》的拍摄结束。

算来,我在札幌住了将近三周。

我很想说是"顺利结束",但实际上,在拍摄过程中我不幸患上流感,一点也不"顺利"。

患上感冒是二月二十一号,拍摄已近结束。

之后连续三天,都是在摄影棚搭上房间布景,拍摄室内场景。

之前一直像野战部队般在札幌市内东奔西跑,相较之下,专用的摄影棚真是无比舒适。

我的心情就像是长时间风餐露宿之后住进豪华宾馆一般,终于松了一口气。

休息室甚至设有沙发,我实在太高兴,不由打了个小盹儿,真是不好意思。

不不,我并非要替自己辩解。怪我自己没有调节好自己的身体状况,给演对手戏的小野真弓女士及其他人添了不少麻烦。

而且，我还写下这样的文章，使得看过这篇文章的读者不免会揣测"生病时拍摄的是哪些场景呢"。

真难为情。

顺便提一句，所有拍摄于我自己房间内的场景，都是在病中所拍。

再多说一句，在摄影棚内拍摄的那三天，几乎是"顺拍"，即按照剧本所写顺序拍摄的。

换句话说，随着情节的推进，我体内的病毒也在与日俱增。

或许从医学的角度来看，这也是部相当有趣的作品呢。

这部电影中，我饰演的是一个幻想"墙壁中有个人"的男子。

这个幻想日益膨胀，与现实之间的距离日渐模糊。

全神贯注于墙壁之事，其余一概无暇顾及。

即便听别人讲话，也需要花费很长时间方能理解。

听到的声音都含混不清，总觉得不可靠。声音无法顺畅传入头脑。

自己在想些什么，自己要想些什么，也逐渐无从把握。

想法无法成形。头脑与身体，似乎一起逐渐变成断片。

虽然两者一起逐渐变成断片，但同时也感觉头脑与身体似乎都不属于自己。而自己对此似乎也并无所谓。

身体沉重。重得仿佛与己无关。
奇寒彻骨。每个关节都很痛。
……
到此处,我已分不清自己是在演戏,还是流感病毒所致。
倒是挺有趣。
"生病之人扮演病态之人",多奇妙的现实代入感啊。
不不,这当然也并非辩解之词。我真的在认真反省。给诸位添麻烦了。
"病由心生",此为今日之教训。

休

我有时会想，作为演员，最幸福的或许就是确定出演至剧本送达之间那段"闲极无聊"的时间了吧。

之前的《出云的阿国》，从确定出演至剧本送达之间大约有两个月左右，在此期间，我读读原著，查查能剧及歌舞伎的相关知识，度过了相当幸福的一段时间。

其实，功课本身就是"没什么要做的，但什么都不做又过意不去"的一件事，完全不需要认真对待。

这种提前所做的功课几乎不会在演技中得到运用。不，更多的情况是，事后回顾的话，会发现多是错觉和误判。

（比如，那段时间我甚至特意去出云旅行，但后来一想，才发现我所扮演的角色跟出云毫无关系。）

怎么说呢，那其实只是一种看起来很酷的消遣，完全不是紧迫之事。

之所以不紧迫，是因为手头没有剧本，不了解具体情况，故而能够以一种冷静漠然的态度对待作品。

在没有了解具体情况之时，我的脑海中会迷迷糊糊地想象着登场人物的样子、时代背景、工作人员及同剧演员的脸庞，莫名其妙地微笑，莫名其妙地不安。

或许跟过春假时的情绪有些相似吧。

就是从上一个学校毕业，而新学校却还没有开学时那种不知该如何消磨时间的感觉。

春假与暑假和寒假等因某种缘故而获得（比如暑假是因为太热，因而放个假休息一下）的长期休假不同，是地地道道的休假。

毕竟，春假是在等对方做好准备。完全可以安心地悠闲度日。

虽能够悠闲度日，但毕竟还是会担心对方的状况，难免有些心神不宁。

正因为不了解具体情况，所以期待也好，不安也罢，都似乎蒙上一层东西，模糊不清。

一旦拿到剧本，休假就宣告结束，所有的模糊不清都瞬间消失得无影无踪。

从拿到剧本的瞬间起，就像是受精卵开始细胞分裂般，所有的故事逐渐清晰具体起来。

台词和动作确定下来，在思考如何付诸实际行动的过程中，服装确定下来，发型确定下来，与工作人员和同剧演员碰面，回过神来，发现自己已然身处片场。

直到正式开拍前最后一秒钟，很多事情才渐次成形，相应地，曾经模糊不清的情绪也清晰明朗起来。

一切成形之后，微笑也开始有了明确的理由，不安也可以付诸具体的语言。

毋庸置疑，这也是令人愉悦的工作。然而于我，拿到剧本之前的"闲极无聊"的时间才是最幸福的时间。

顺便说一句，对于演员来说，既无剧本也无演出邀约的日子是最可怕的时间。这个，留待日后再表。

暇

外出旅行，我常苦恼于如何打发时间。

若是海外旅行就更是如此，要是突然空出大片时间，我就完全不知道该做什么。

在东京生活，当然也会有闲暇的时候。大部分成年人会有多种消遣方法，以应付这种时刻。

在东京，我总是随身携带一两本文库本书籍。若是哪一天忘记携带，便在便利店买本杂志。

我居住的附近，电影院、网吧、柏青哥店、游戏中心等消磨时间的场所应有尽有，我倒也并非一一利用过，但拜他们所赐，我不会为如何打发时间而费脑筋。

如果稍觉闲暇，我很容易就可以装作"其实什么都没做，但看起来又很繁忙"的样子。

或许是因为东京是世界上屈指可数的消遣圣地吧。又或许只是因为我家附近刚好消遣的选择比较多而已。

然而，去海外旅行时，觉得"好闲"的时候，是真的很闲，跟在家附近觉得"好闲啊"完全不可同日而语。

前一段时间因工作去海外，走在耶路撒冷的繁华街区时，突然被告知当天的工作暂停。

因为过于突然，我只好在咖啡店摆放在街边的椅子上坐下，但手头没有可读之物。

耶路撒冷的书店所在我一无所知，即便找到的，也都是希伯来语书，根本没有办法打发时间。转来转去迷了路可不是闹着玩的。周围人都在说希伯来语（我猜的），偷听也完全不知所云，当然，我也没有主动加入他们谈话的勇气。

结果，我只是百无聊赖地盯着街头过路之人，度过了好几个小时。细想来，在街上紧盯着别人的脸，这种事我已好久没有做过。

毕竟，这不是礼貌之举，而且在东京，有更多更潇洒的消遣方法。正派的成年人是不会在街头盯着别人的脸看数个小时的。至少，我居住的附近不会如此。

故而，这可说是旅行者、甚至是异邦人的特权吧。

总之那一天，我因此得以观察了两百多人的脸。但浮现的都只是"好多种脸啊""跟日本人还真是不一样呢""父子长得还真是像啊"之类无聊的感想，很难称其为演员的"人物观察"。原本我就并非在观察人物，只是单纯的消磨时间而已。

说起来，小时候，在我还没进幼儿园之前，我就经常觉得自己闲得无聊。

周围净是大人，无法加入他们的谈话，手头又没有能够阅读的书，或许，那时我也只是一直盯着某个东西发呆来着吧。

长大成人之后，消磨时间的本领日渐高明。有时候，消磨时间的本领过于高明，在消磨时间时甚至都意识不到自己在消磨时间。

是好是坏，我并不知晓。只是觉得不可思议。

诗

前不久，我与电影《蜂蜜与四叶草》的原作者羽海野千花女士对谈。结束之后，谈起"为何女性到了某个年龄，会开始写诗"这个话题。我一直对此觉得不可思议，想着如有机会定要向哪位咨询一下。

我周围的女生们突然开始写诗，多是在小学即将毕业到初中这段时间。对于不同的女生来说，有的是诗，有的是秘密信件，有的是密密麻麻写在笔记本上的日记，但它们都有一个共通之处，那就是都是不能公诸于众的话语。

女生们拥有不能说给任何人的秘密，这个事实让我极为困惑。一到休息时间，她们就趴在桌子上，偷偷摸摸写着什么。与我们男生所讲的话不同，她们的秘密话语似乎轻盈地飘浮在教室的上空。就像是满月的夜晚，珊瑚们事先约好，一齐将卵撒入大海一般。

在那之前，除非是作文课，我从不曾主动要书写文章，更何况，辛苦写就的文章不能给任何人看，就更加不可想象了。于我而言，所谓语言，就是向某人表达某事时所使用的工具，完全不会想要写什么不能给别人看的文章。

自然，女生们并没有给我看她们所写的诗，至今我也无从知晓她们所写的内容。然而，在当时的我看来，"有想要书写的东西"或者至少"有想要书写东西的欲望"，这样的她们很有大人的味道。

她们心中，有无法用现成的语言表达的东西。它是如此重要，以至于必须将其转化为文字。于日常词汇从未感到不便的我而言，拥有自己独有语言的她们，看来既神秘又令人艳羡。

在我的内心深处，对诗人的憧憬，或者说对有书写意愿的人的憧憬，至今仍不曾改变。我甚至觉得它至今仍在影响着我的职业观。

我作为演员所接触的作品，大抵都是源自某个人（剧作家或原作者）"无法抑制的写作意愿"。作为演员，我能做的就是尽量不要让这火种熄灭，如有可能，尽量让其旺盛地燃烧。若无最初的火种，作品便不会起步。于我，可能至今不曾有过"非说不可的话"吧。

羽海野女士肯定至今仍在通过作品的形式，书写着只属于她自己的诗。开拍前我拜读了她的作品。彼时的心情，就像同班同学煞有介事地把女生们的诗偷偷给我看一样。

然而,本节开头那个"为何女性到了某个年龄会开始写诗"的疑问至今仍然无解。不仅如此,"女性现在还在写诗吗""何时会停止写诗""为何不再写诗了"等等,百思不得其解的问题多得数不清。

我对诗人的兴趣,无穷无尽。

西

在大阪拍摄《奥黛丽》时，临近杀青的时候，大家经常一起去居酒屋喝酒。

同剧演员及工作人员多是大阪人，在此过程中，最让我感觉到文化差异的是，他们会一次又一次地对端来料理的店员说"谢谢"。

在东京，以及我的家乡宫崎，客人会说"好的"或"不好意思"，却几乎不会致谢。大阪人的方式看来很酷，我不由模仿阪神腔跟店员说"谢谢"，体验一把关西人的感觉。

之所以忆起此事，是因为本次我要出演舞台剧《传说中的男人》。五位参演者中，除了我之外均是关西出身。

从以往经验出发，我认定关西出身的演员都非常"脚踏实地"。

非常重视工作以外的生活，比如与朋友及家人相处的时间。拥有凭借自身的实力而非地位决输赢的直率魅力。总是穿着拖鞋沿着走过千百遍的道路坦荡荡地出现在片场。我的印象便是如此。

或许，这是他们自小便用惯的关西方言所导致的吧。

从我自身而言，我感觉自来到东京那一天起，我的历史便戛然而断。青梅竹马的少年伙伴，带有口音的方言，所有曾紧紧包裹着我的一切，消失得无影无踪。当时的我，对这种爽快深感惬意，就如孤身移居海外般，那种轻飘飘的感觉我至今仍能感受得到。

之所以会有轻飘飘的感觉，是因为我知道，虽然我已在东京某处寻到安身之处，它却无法取代我的故乡，而我的故乡宫崎，也已没有我的立命之所。我的内心深处，有着东京话无法顺畅表达的某种东西，而我那已然生疏的宫崎话同样也无法表达。

当然，事到如今这已是无可奈何之事。喜欢并享受轻飘飘的感觉，与我选择演员这份职业不无关联，勉强这么说也未尝不可。

但是，我印象中的关西人是认真地要在东京扎根发芽。对于初次见面的人，他们也坚信可以与其成为好友，为了让自己周围的人能够心情愉快，他们可以付出各种努力。

于我而言或许有些不可思议，跟他们在一起，我甚至也会产生要扎下根去的淡淡期望。或许，是他们粗壮强烈的存在感，让我产生这种想法的吧。

东京的居酒屋中不使用"谢谢"这种说法，可能是因为店员和顾客都在无意识地扮演着自己的角色吧。"扮演店员"的女孩子招待"扮演客人"的我们是理所当然的，故而无须致谢。当然，大家彼此都明了，那只是在店内才存在的暂时规则。

　　而在大阪，端来料理的并非"店员扮演者"而是活生生的女孩子，所以要跟她们说"谢谢"。

　　顺便一提，我生于神户。三岁之前都生活在一个叫作舞子的小城（听说是）。说不定，借由本部舞台剧，我身上潜在的关西人气质就此觉醒也未可知。我倒很是期待。

备

现在，正在演出舞台剧《传说中的男人》。

本次公演是在位于池尻一个叫作 SIM STUDIO 的摄影棚排练的。那是位于仓库街一角的一栋古老建筑物，它本身曾经也被当作仓库使用过。

或许是附近有搬家公司所属的一片空地的缘故吧，虽位于熙熙攘攘的涩谷，却让人觉得甚为悠闲舒适。摄影棚前面的道路几乎没有汽车通过，附近的高中生将其当作活动时的跑步路线。夜幕降临，微风习习，我们演员就在摄影棚前席地而坐，随意地聊聊天，抽支烟，对对台词。简直就像是放学后，大家留在校园内玩耍一般，感觉很奇妙。

在东京，戏剧的排练场所也多由仓库街的仓库改建而来，那是考虑到地价与噪音而做出的选择。之前在伦敦演出戏剧时，也是在位于力提玛路的一个仓库中排练的。世界上大部分的戏剧作品都是在仓库街完成的也未可知。

虽位于首都的中心地带，但不知为何这里远离喧嚣，宛如偶然裂开的洞穴般，静谧舒适。如果想要避人耳目偷偷为某事做准备，那这里是个再合适不过的地方。

公演前，为制作宣传单，我和漫画家东村明子女士进行了一场对谈。

东村女士几乎与我同龄，在宫崎时我们在相邻的高中读书，同属于文化类社团（她是美术部，我是戏剧部），且现在仍各自从事与高中社团活动相关的职业。或许正是因此，我们的对谈就像是同班同学在学校谈天说地一般，洋溢着令人怀念的氛围。在我的高中，也有像东村女士一样，漂亮、机敏、热心、笑声爽朗的女孩子。

东村女士说她放学后，都会留在夕阳斜映的美术室（她将其称为"圣地"），跟伙伴们一起安静地作画。我也曾经就读于乡下的以升学为目的的高中，所以能够了解放学后的美术室是多么让人舒适心安。

我的高中，每天从早上八点到傍晚五点都有课。上课本身似乎比学习更耗费精力，每次课程结束时，同学之间互道"辛苦"之时，我总是感觉大家会就此直接去小酌一杯似的。

自然，当时尚没有居酒屋之类休闲放松的场所，现在想来，戏剧部的活动室于我就是那样的场所。当然，酒倒是没喝。

戏剧部的活动室位于校内一角，是一座小小的活动板房。原本是危险物品储藏室，煤油、汽油等危险物品占据半壁江山，剩下的一半才是我们的活动室（所以，抽烟是绝对不允许的）。

在这人迹罕至的校园一角，我曾经想些什么，又在为何而烦恼，如今已几乎毫无印象。似乎从不曾做过任何对我如今的工作有所帮助的事情，但同时又觉得似乎我现在工作时的心绪与当时丝毫无差。

照一般惯例，此处我应当写下"那时，我是在安静的地方，偷偷为某某事做准备"之类的漂亮话，但说实话，我并不清楚我在为何事做准备。

一旦开始正式演出，排练场的一切很快就会被忘却。唯一留在记忆中的是"那时很轻松舒适"之类模糊的感触。于我而言，最适合做准备的场所，或许正是那样的地方。

伪

舞台剧《传说中的男人》在东京的演出会场定为涩谷的Parco剧场。它是一家于一九七三年开始营业的老字号剧场，这已是我第三次有幸站上它的舞台。

前两次我都没有注意到，这里的观众席的椅子靠背的磨损痕迹很是奇妙。站在舞台上远眺空无一人的观众席，看起来宛如很多个心形符号排在一起。

如初学写诗的少女情怀般的发现，让我颇感不好意思。但最初注意到这一点时，我第一次对这个剧场三十三年的历史有了切身体会，内心不由升起一种奇妙的感觉，觉得立于这个舞台之上的我正受到前人的守护，真是幸运。

在大学社团演出戏剧之时，我们并非在剧场，而是在校内自己的工作室公演。

其面积约为一百五十平方米左右，水泥裸露，平常也用作排练场地。

与租借剧场的公演不同，那里我们随时可以自由使用，且无须租金，也没有闭馆时间。我们可以在与公演相同的地方，练到自己满意为止。在练习过程中如想到新的构思，随时可以更改舞台装置。

拥有自己的工作室当真难能可贵，然而它最初毕竟只是排练场而已。每次公演时为了让其"看起来像是剧场"，都大费周章。

观众席当然需要手工制作。用铁管和底座搭起楼梯，铺上耐磨地毯，摆上椅子。这些工作都要在排练结束后进行，摆上两百人的观众席要花费整整一个晚上。

用胶合板遮住窗户，拖出长长的电线拉上观众席用的照明灯。在工作室的外面，还要搭建前台及行李寄存处的小房间。

好不容易正式演出开始，或者有醉醺醺的学生在附近高声喧哗，又或者有卖烤红薯的小卡车叫卖着通过。每到此时，就必须赶快跑出去劝他们保持安静，或者买入大量的烤红薯。

于一般剧场而言，遮光及隔音是必备条件，要把一个根本不是剧场的地方改造到像是剧场，原本就是不可能的。就像是试图修复已经斑驳到支离破碎的烤漆一般，似乎永远不能完工。

当今时代，些许的烤漆脱落也许会被认为是很有格调，但当时人们却完全不这样想。

在大学社团演出时，理智上完全当自己是专业演员，然而，在内心的某处，也有自己并非正规演员（虽然我并不知道正规演员是什么样子）的懊恼感。或许，我们是在通过装点剧场的门面,来劝说自己相信"这里是正规剧场,我们是正规演员"吧。

说实话,"或许我并非正规演员"的不安至今仍有留存。每当此不安涌来,我便看看身边正规的演员、正规的剧场以及跟我们同喜共悲的正规的观众们,如此便可得以心安。

"身处这么多正规事物之间,想必我也是正规演员吧。"彻头彻尾的归纳总结法。

或许数量不如现在多,但过去我的周围也存在过几个正规事物,托他们之福,我才得以表现出演员的姿态来。我深感自己一直受惠于身边的正规事物。

都怪我将话题引向心形符号,这篇文章才变得如此让人难为情。那么,下个月见吧。祝各位健康。

术

现在，我在电视剧中扮演外科医生。

我曾多次扮演医生，但外科医生已是时隔七年。我记得七年前扮演的是实习医生，做手术的场景可没少让我吃苦头。

与普通场景相比，手术场景似乎特别费劲。做的是我完全不了解的事情，且不懂之处根本无法靠自己的发挥蒙混过关。工作的流程，患者的病状，各类测量仪器所显示的数值，需要确认的事情多到数不清，工作人员也似乎比平常更劳神费力。布景中，除了摄像机、照明外，摆满了各式各样的医疗器械，身体无法随意移动，待上几个小时，连呼吸也变得困难起来。

不仅如此，演员还要戴上手术帽和口罩，偶尔甚至还必须要戴护目镜。如此一来视野变窄，导致人不由发呆，且脸部被口罩与眼镜遮去大部分，很难做表情。如果是不重要的角色，只能站在边边角角的话（譬如七年前的我），甚至根本无法判断哪个是自己，真令人感伤。

或许其辛苦程度与实际的医疗现场无法同日而语，但此经历还是让我对"手术"这个词汇产生了恐惧与怨恨交织在一起的情绪。

首先，实在是过于难读。从前，这个词汇太难读导致我恼羞成怒，甚至特意翻阅文献调查是哪个地方的哪个家伙发明了"手术"这个词。我一直以为，应当是江户时代的兰学者将相当于英语"operation"的荷兰语翻译成日语时，所挑选的故作风雅的译词。

"术"这个汉字给人一种藏有秘密、轻易不会交代实情的韵味。艺术、话术、处世术等词汇若是缺失了"术"字，便会像魔法被解除般露骨无趣。"手术"归根结底也不过是"用手做这个或那个"而已。

然而，我调查后才发现，兰学者在逐次翻译西洋的医学书籍时，"手术"一词已然被广泛使用。似乎是很古老的词汇，《三国志》中有一位叫作华佗的医生，曾对自己所进行的开腹手术作了如下说明。

"断截湔洗，除去疾秽；既而缝合[1]，敷以神膏……"其中明确出现了"手术"一词。

如此看来，它是自卑弥呼时代起便在使用的词汇，事到如今我也无可抱怨，愤怒的火焰瞬间失去了攻击目标。

---

[1] 日语译作「手術畢り」。——译者注

当然，若允许我可以随意表达而不须负责任的话，那我必须要说，华佗生活的时代，医生地位相当低下，若不给自己的饭碗添加几分玄虚是无法生存下去的。

然而在当今，人们追求的是不仅仅局限于医生之间、而是连普通人也可以明了的开放式医疗方法。这种背景下，"手术"等装腔作势的（最让人痛苦的是非常难读）词汇，正应该"断截湔洗"，让其顺畅圆滑起来。

所谓手术，就是活生生的人打开活生生的人，大汗淋漓地进行的某种意义上来讲"露骨"的行为。并非是某些特殊的人在密室中慌慌张张完成的魔法。在电视中演出手术场景时，也绝不应考虑蒙混过关或享受过程，而应该无比真挚地专心进行。

这真是一篇不知所云的演讲。不仅如此，它甚至将圈套套在了我自己的脖子上。

我会竭尽全力的，手术。

马

我现在在山形县的庄内地区拍摄电影《寿喜烧西部片》。这是一部日式西部片，每天骑着马在连绵至出羽三山的山麓冲来奔去，战火砰砰。

因多是白天的场景，所以生活非常规律。

早晨从旅馆出发，白天都在骑马，日暮时分返回住处，黄昏六时左右已然在泡温泉。之后剧组人员一起出去吃晚饭，喝喝小酒，十点左右就寝。真是奢侈惬意的生活。

说到奢侈，为拍摄这部电影，专门配备了三十匹马。外景还设有马房及练习用的马场，还有多位工作人员负责照顾马匹。据说我们之所以能够如此规律地生活，主要也是为了配合马匹的作息节奏。

合作对象是动物的话，是无法勉强安排日程的。肚子饿它们就心神不宁，多做几遍它们又精疲力尽。时间不够它们也不会紧张，更不会因为制片人给它们戴高帽就得意忘形。终究只能大家都配合它们的自然节奏进行。

拍摄进度多为主演的状况所左右，从这个角度来看，这部电影背后的主角其实应该是马儿们。

当然，我非常欢迎。特意使用马匹作为移动手段，当今只有在电影或电视剧中才可能实现，仅仅是想象自己身处马群之中，我就忍不住激动雀跃。

而且，还可以过得如此悠闲舒适，真是无可挑剔。一切均是拜马儿们所赐，感谢感谢。

自五年前起，作为爱好我偶尔会骑骑马。姿势相当累人，在马上的平衡也很难维持。

话虽如此，就我的水平而言，只能是配合马儿的摇晃而已，说轻松也着实轻松，但骑上近一个小时也是精疲力尽。然而，奔跑的是马儿，我只是坐在马上摆好姿势而已。

我这等初学者这样说可能显得有些不知分寸，但我还是认为骑马的基本精神当是对马儿的谦虚之情，即从内心省得"是马儿允许我们骑它"，并非我们在努力，努力的是马儿们。

指导我们骑马的柿沼好明先生说，如骑者能与马儿的移动配合默契的话，是不需要太用力的，且会感到自己的下半身与马儿的背部合为一体，自己的下半身就是马儿的背部。这种半人半马的绝技我是无能为力的，但至少我会尽量不给马儿增加负担，就当自己是寄生动物好了。

然而，只要骑上马你立刻就会感觉到，"马在小看人类"，这也是确然无误的事实。如果骑者表现出恐惧情绪，那马儿便会纹丝不动。对行进方向、行进速度等做出决定，是骑者的任务。

或许，于骑者而言，尽管知道奔跑的是马儿，但坚定不移地认为马儿是按照自己的意志在奔跑，这种胆大皮厚的念头也是必不可少的吧。

晚秋的山形红叶漫山，非常漂亮，在山麓策马奔腾，用整个身躯感受着大地，不由心生人也是自然的一部分之感（出羽的山峦本就是修验道的圣地）。当地的特产酒及食物都很美味，如此看来，跟前来游玩其实也无有大差。

我厚着脸皮认定这美妙的大自然就是为此电影而生，自己必须表现出魅力四射的演技，以便与其相衬。大口咬着美味的庄内柿，我暗自下定决心。

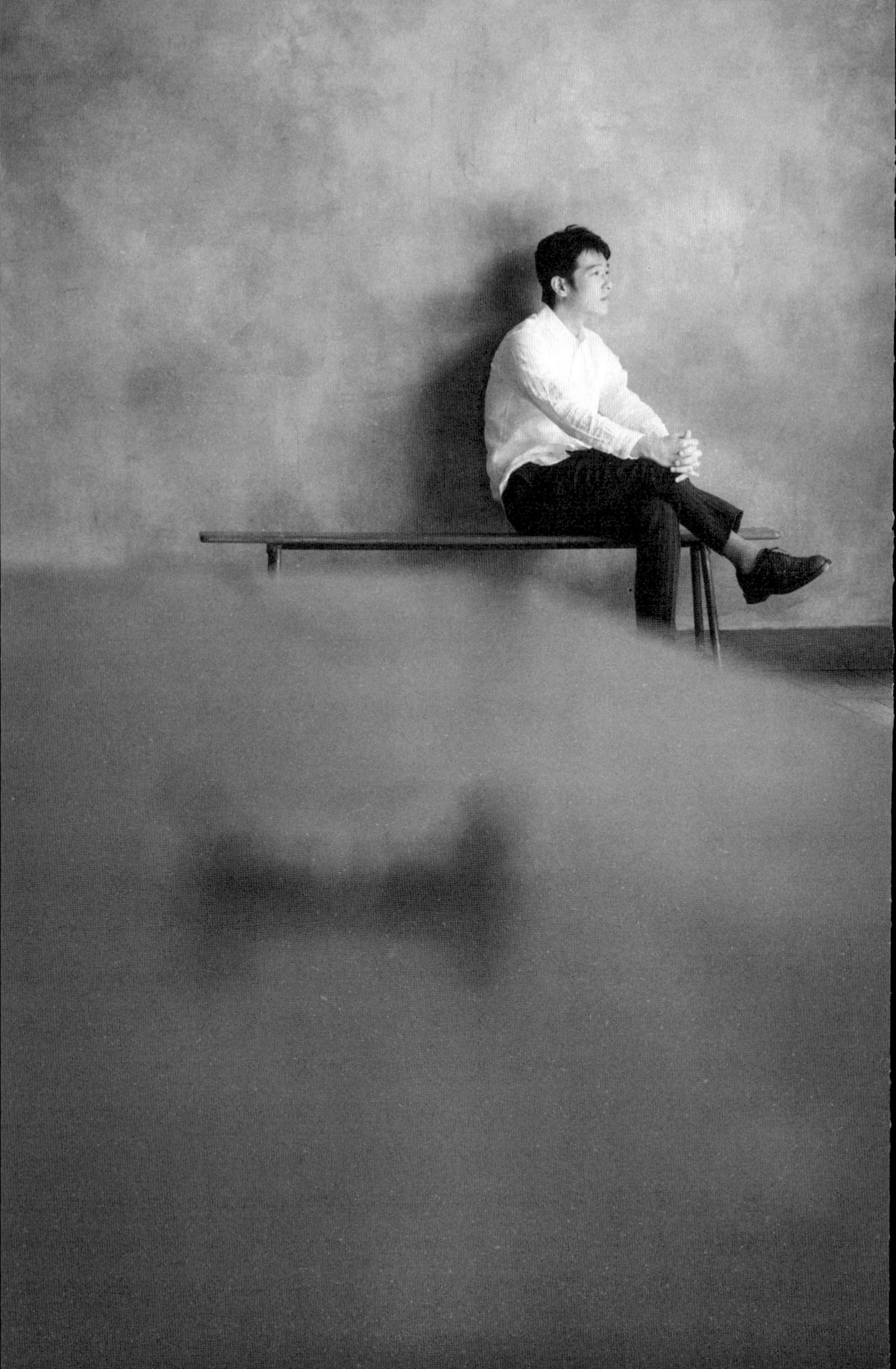

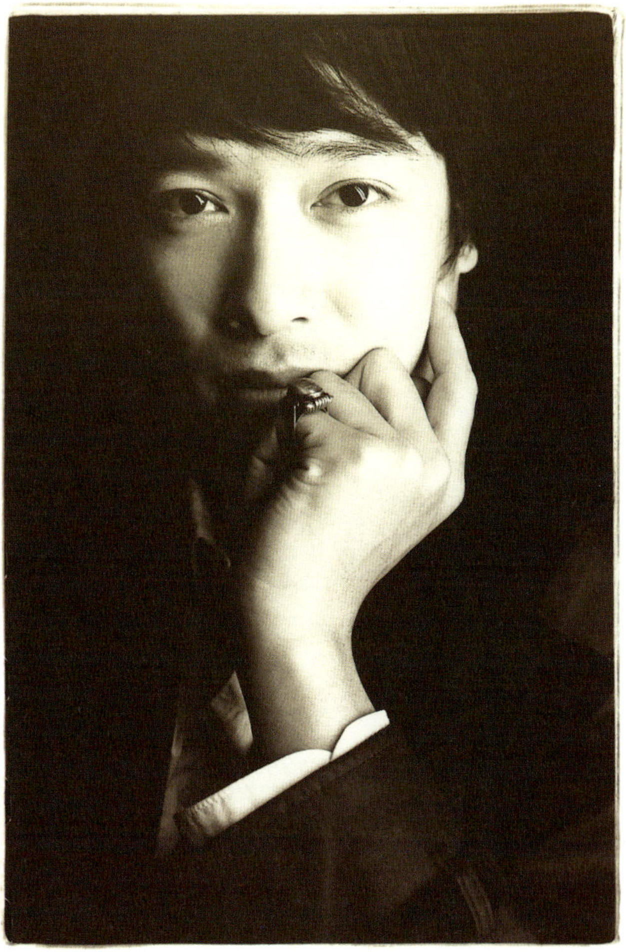

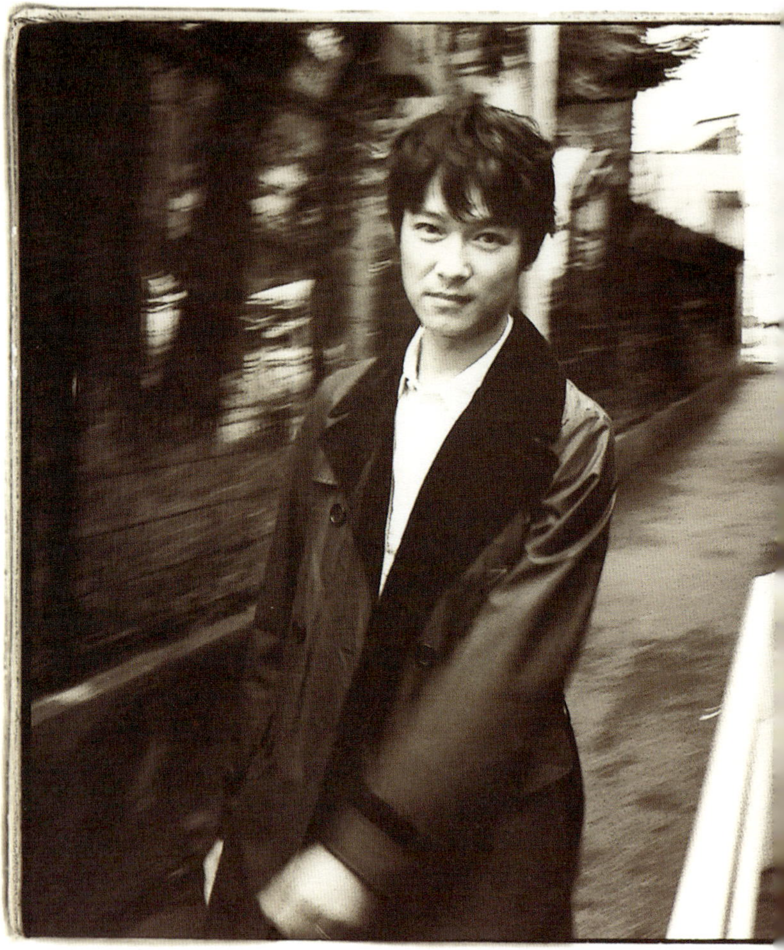

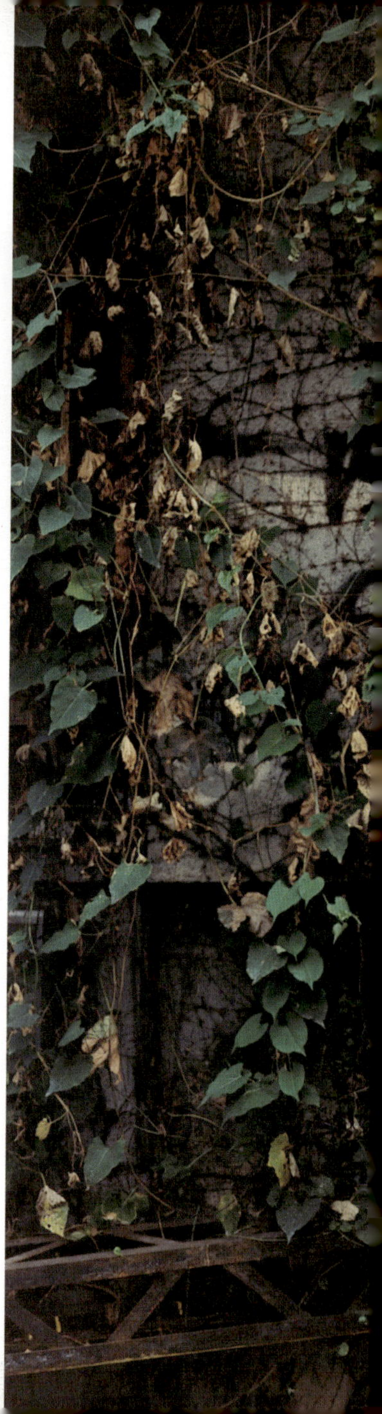

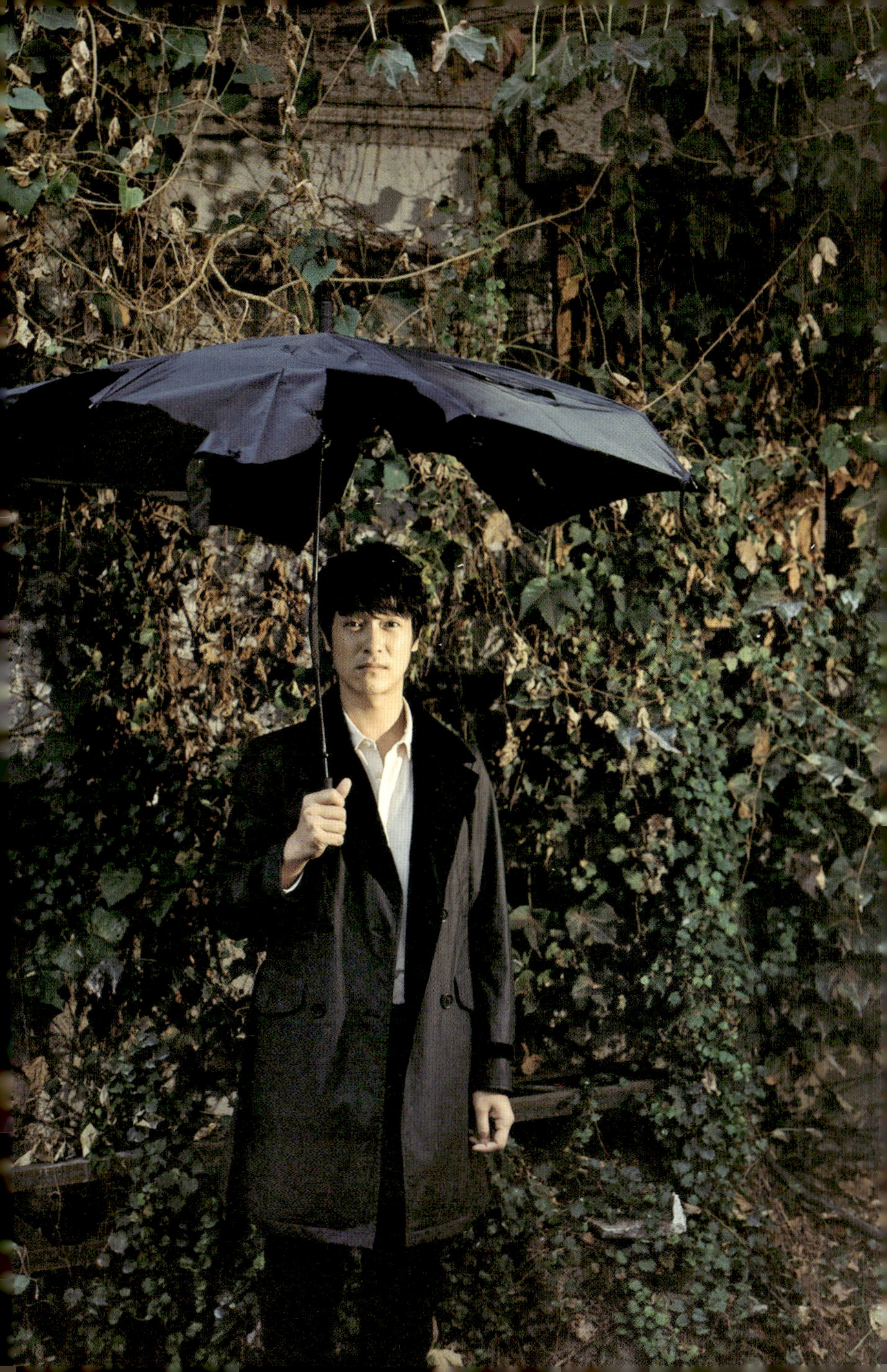

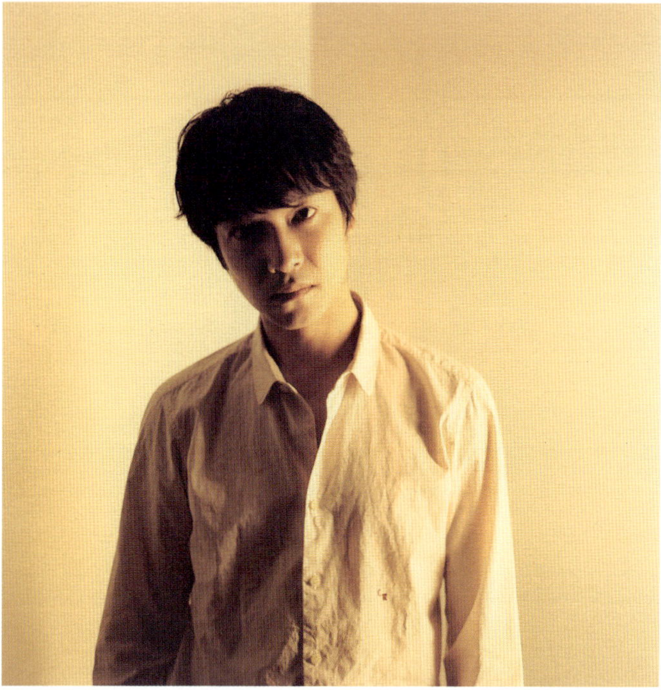

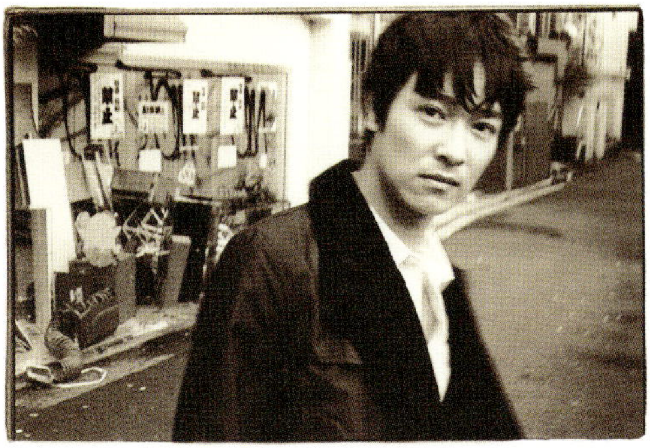

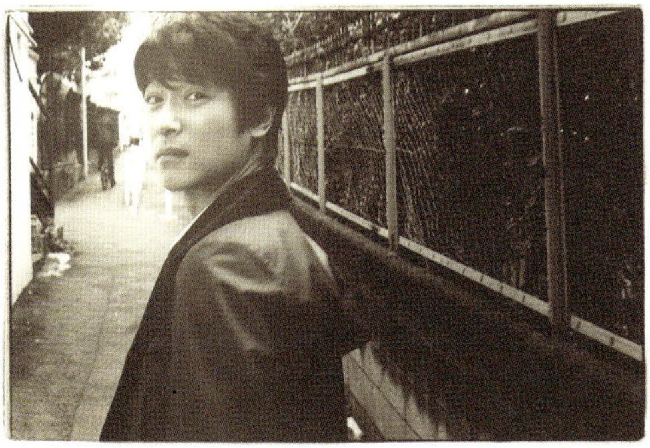

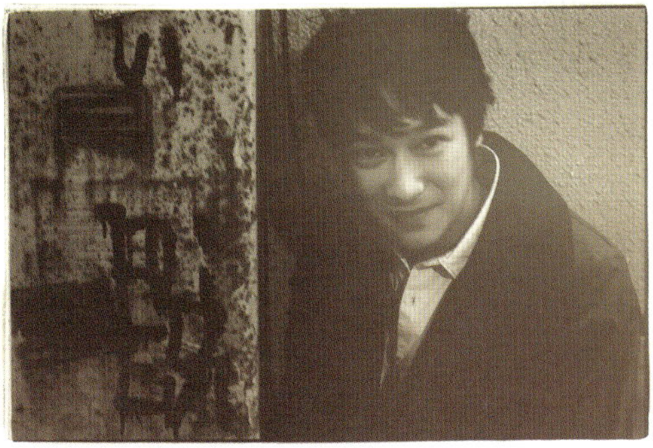

死

电影《寿喜烧西部片》的拍摄结束了。

算上等候雨停的日子，我共拍摄了十六天。期待着上映。

这部电影是西部片，所以有不少人相继死去。毕竟是用枪械互相殴斗的故事情节，有人死去也是无比合理。但我觉得不同的人有不同的死亡方法，这正是这部电影的魅力所在。

或许人的想法各有不同，于我而言，拍摄死亡场景很开心。

在衣服上涂上火药做出中弹的样子，或者做出黏糊糊湿嗒嗒的鲜血模糊状，又或者嘴里"呜——""噢——"地发出痛苦呻吟声，在地上痛苦地滚来滚去，着实让人情绪高涨。

目睹同剧演员的死状，不由涌现出"那个死法真不错""我想要更花哨地死去""朴素地死掉也不坏呢"之类的感想，许是心理作用吧，我总觉得每有死亡场景，周围的工作人员似乎也更加精神抖擞。

只是，虽然"我喜欢拍摄死亡场景"，然而具体到我本身，我却一直不知道该如何表现死亡。

在拍摄过程中，对死亡的表现如使用剧毒药品般慎重。

在这种情况下，我们欢天喜地地死去。

为何我会如此喜欢拍摄死亡的场景呢？

这种"喜欢"，或许是来自我身上的"孩童部分"吧，它本质上就跟孩子们喜欢玩打仗游戏的心情没有差别。

在本次拍摄中，我转着手枪，砰砰发射子弹，似乎重新回到童年。是因为死亡场景的快乐感与杀戮场景的快乐感总是相伴出现的缘故吗？

又或者，难道是因为内心深处的某个地方有"想要试着死一次"的愿望吗？打仗游戏总感觉是男孩子的游戏，战争也多是由男性挑起，再想到自杀者也多是男性，所以我身上的"成人部分"也感到喜欢吗？

又或者，死亡这件事情与日常现实相距甚远，故而我在为其珍奇性感到欢喜吗？

我也说不清楚。

但我总觉得单因为其中的某一个理由是不够的。莫如干脆说是——因为在修验道盛行的出羽深山中拍摄电影，故而产生了修行者们追求"死亡模拟体验"的宗教情绪吧。

东拉西扯考虑各种乱七八糟的理由似乎来得更为有趣。

日常生活中，在人的内心深处总会有一些无法满足的"走形的部分"，有些人会穿上白色寿衣步入深山，有的人则打扮成西部剧的样子说着台词。

　　如果，通过我们的模拟死亡体验，能够些许缓解因为某些人的离世而带来的悲伤情绪，我必定会努力死去（真是奇怪的说法），以期能够聊尽绵薄之力。当然，我并非因为此动机才演绎死亡场景的。这一点，上述文章中已有明确说明。

　　我深感思考"为何喜欢死亡"这个问题非常重要，然而，我却无法明确说明其理由，最终写就了如此一篇不知所云的文章。

　　至少，这是一篇与年始年末气氛完全脱节、丝毫也不喜庆吉利的文章，这一点确凿无疑。毕竟，主题是"死"啊。

　　记住，你终有一死。祝大家新年快乐。

兄

我现在出演电视剧，扮演兄弟四人中的大哥。

去年在舞台剧《传说中的男人》中，与我同台演出的是四位比我年长的演员，深有自己是五人兄弟中的老幺之感，这次恰好相反。

彼时同台的都是多才多艺的前辈，产生了"稍有马虎，自己就会无事可做"的恐惧感，感觉公演似乎是在自己小心翼翼的笑声中结束的。

事实上，我是三人兄弟中的老大，从来不曾想象过做弟弟的心情，但出生之时家中已然有好几个男孩子，当算是相当严酷的生存环境。

"稍有马虎，自己的位置就会消失"的话，可就麻烦了。很可怜。真应该对弟弟们更温和一些。

话虽这样说，人总是对自己没有的东西更加渴望，我一直想，要是我有个姐姐或哥哥多好啊。

毕竟，如果步入一个自己未知的世界，比如升入小学或者是有了喜欢的女孩子时，身边有位有经验者，总是会稍感安心。

如果是过着与众不同的人生、不按常理出牌的哥哥或姐姐就更完美了。极端的例子更容易成为事例研究法的参考事例，看起来也觉得很有趣。

翻阅明治大正时期的小说及随笔等便可发现，作品中主人公的生活方式多数不健康，比如虽然心生厌恶，却还是挨个酒馆喝酒到天明，再比如失恋的情绪会拖拖拉拉持续好几年。我对他们抱有莫名的亲近感。

之所以会对他们产生亲近感，或许是因为我从他们不得要领的笨拙及跌跌撞撞的错误尝试中，看到了"自由奔放的哥哥"的形象吧。或者，不得要领、张皇失措的是我自身吧。

志贺直哉的《暗夜行路》中，主人公也以"生活不有点改变可不行"为理由，在广岛的尾道逗留数个月之久。如果我有这样的一位哥哥，那我从大学退学、走上演员之路时，家人们肯定不会感到讶异（当然，我没有那样的哥哥，所以家人们乱作一团）。

似乎最大的孩子在面临人生新局面时，总是会有些忙乱。当然也有可能只是性格的问题。

前不久在西荻窪拍摄外景时，曾借用附近的音乐录音室做准备。休息室中一对看似乐队组合的男女二人在聊天，看起来像是吉他手的男子说："每隔几年一个周期，吉他演奏会完全转向吉米·亨德里克斯模式。"他的伙伴、看似是贝斯手的女子也不断点头表示同意。

我不太了解吉米·亨得里克斯、鲍勃·马利（就像我也不知道古斯塔夫·阿道夫、史丹卡·拉辛一样），但似乎玩音乐的人大多都有一个原点或者说是不管身处何方必然会向其靠拢的"中心人物"，时不时就会幻想"他在我这个年龄在做什么呢"或者"如果他现在仍然健在会想些什么呢"之类的问题。

于我而言，却不存在那样的"中心人物"。我颇有些羡慕他们呢。

这种心情，与我看到有哥哥或姐姐的朋友时的心情，或许有些相似。

剧

在拍摄电视剧的间隙，我一直与扮演弟弟角色的四位演员玩桌游。那是扮演次子的池田铁洋先生带来的。

本意是为了加深大家的感情，促进融洽，然而大家越玩越起劲儿，现在已然不知是拍摄间隙玩桌游还是玩桌游间隙拍摄了。这种如正月跟兄弟们一起玩似的日子持续了近两个月了。

托福，兄弟之间感情非常好。五兄弟聚齐的场面演绎起来自然无比安心，缺失任何一个人的场面都会给人不稳定之感。这都是游戏的功劳。

实际上，我觉得除了桌游之外，还有一个让五兄弟关系亲密的理由。那就是五个人都是"短剧"迷。

此处所谓的"短剧"，指的只是"无节奏地随兴地演绎某个设定"而已。比如，扮演三子的要润君对扮演四子的本乡奏多君打招呼说"早上好，前辈"①，短剧就此开始。

---

① 此处是故意说反话，本来要润是本乡奏多的前辈。——译者注

或许有人会认为所有的演员都喜欢短剧，但事实并非如此。经仔细观察，我发现演员中"短剧人"的比率与一般社会并无大差，大致也是两成至三成左右。所以我认为，这与是否更适合演员及演技高低丝毫没有关系。

我们的短剧，多是从要君那不太像的模仿开始的。

"不太像"，是最重要的关键点。要是完全不像，那旁人会不知所云，而如果完成度太高，则旁人又很难参与到其中，那样的话，作为观众来欣赏似乎更有趣。而且，如果整体的对话太有趣，难免过多地引起周围人的关注，无法欣赏关键的"无节奏的随兴"的会话。对于围观的人来说，像不像、是否有趣都是次要的。

它并非以引起观众笑声为目的的小品，不需要制造噱头，随时可以打住。只要本乡君用敬体说"是啊"，短剧就宣告结束。

听某位漫画家说，在截稿日期来临前他们一片慌乱的工作室里，也经常会上演类似的短剧。还听说，在某参加者全是男性的海外旅行团中，一位男性用女性的口吻说了句"嗯——，不要这样嘛"后，原本死气沉沉的氛围瞬间活跃起来。

我并非是说现在的片场氛围不好，只是想说明短剧有润滑人际关系、拉近与陌生人之间的距离的效果。

细想来，扮演兄弟的演员们之间关系融洽，也可说是在享受稍微长一些的短剧吧。

或许只有我自己这么想也未可知。我总觉得对于演员来说，除了有引人注目、出众耀眼的快感之外，还有可称为"韬光养晦的喜悦"、安静和谐地存在于那里的快感。

应该很少有演员会因为被评价说"演技很棒"而发怒，但于我而言，"哎？你也出演了那部作品？"这样的震惊也很令我开心。虽然我并非乔装打扮的密探，但看到人们认出我之后的惊讶表情，委实心情不赖（当然，出场不多的情况另当别论）。

曾经有观众写来信件，说"堺先生您的演技很高超"。受到表扬当然心情愉悦，然而说是"演技"，又说明观众完全明了我是在演戏，如此一想，心情很是复杂。

我不配做"短剧人"。

容

有一种被称作"即兴戏剧"的剧种。即观众提出一个题目，以此为关键词，当场完成一部一个小时左右的作品。数年前我也曾有过几次即兴表演。

即兴，自然没有剧本。其大致流程是，得到题目后，将其形象发酵膨胀，然后设定数个零散的场景，最后将其串联成为一个完整的故事。

自己没有演出之前，我曾经觉得它过于简单随意，不值一顾。毕竟，它无须记台词，布置舞台、穿脱服装等劳烦的准备工作也一概全免。要讲什么故事，非到正式演出无从得知，无须也无从提前准备。而且，它由所有演员共同完成，一个人根本无法把握其情节发展。如一切顺利，会创作出非常有趣的作品。

反过来说，"如果不顺利的话，会变成差到惨不忍睹的劣作"。

站在舞台之上，紧张感接踵而来，永无止境。故事很好地拼凑成功了吗，就算拼凑成功，它是有趣的吗？结束之前不会有人知道这些问题的答案。自己的角色会有何发展，也无从得知。

因为是全体演员共同完成，所以情节无法按照自己的意志发展，令人焦躁。无法提前做准备，故而力量及性格直接暴露于观众眼前。噩梦。因焦虑、不安而导致在舞台之上汗流浃背的情况时有发生。

其心情就像是八个人用一枚硬币玩"狐狗狸[①]"（并且，占卜的内容对全体人员愈重要愈像）一般。

卓娜·哈珀思等人共同创作了一部题为《喜剧的真谛》的即兴表演入门书，遗憾的是，现在还没有被译成日文。其中记载了很多表演时的技巧、心得等内容。比如，"顺从自己的心。唯有如此，方能展现优秀的表演""敬身边的演员如天才诗人""欲使自己看起来完美，最好的方法是让身边的演员看起来完美"等，一旦在舞台上手足无措之时，这些教诲极为有效。至今我仍时有忆起。或许是因为我在舞台之上有过极为可怕的经历，故而它才会成为我刻骨铭心的教训吧。

刚刚忘记说了，即兴表演的基本原则是"yes，and"。不要否定对方的提案，表示"是，而且啊……"顺势将故事继续编织下去。

现在，我在演出无原著电视剧《秘密花园》，故而想起即

[①] 类似于中国的笔仙。——译者注

兴演出的事情。或许是因为没有结局的忐忑不安感，又或许是因为大家集体完成一件事情的欢心雀跃感所致吧。

在即兴表演中，笑声、掌声等观众的反应也是重要的要素。如果奇迹般顺利的话，会形成剧场中所有人共同创作故事的整体感，体会到被感动紧紧包围的幸福感。

连续剧也与此相仿，尤其是没有原著的情况下，观众的反应（即便不能直接马上看到）对故事的情节发展有着极为重要的影响。如果观众能够在本次的电视剧中收获感动，从这个意义上来讲，也是我们演员值得庆幸之事。

教

于部分演员而言，斯坦尼斯拉夫斯基的著作《演员的自我修养》是《圣经》般的存在。虽然主要内容是讲述演技，但却以小说的风格刻画了一个表演班级，作为读物也很是有趣。

这部书开篇描述了某虚构的表演班级的第一堂课上，主人公科斯佳迟到，受到老师责备的场景，老师"以责备的目光"看了他好久，说出了如下的话。

"大家都坐在这里等着，坐立不安，发脾气，而您觉得，您只是迟到了一点！大家来到这里，因即将开始的工作而兴奋。而您这样做，我已经没有给您上课的兴致了。激发创作的愿望很艰难，而扼杀它却很轻松……"[1]（山田肇译《演员的自我修养·第一部》，未来社）

好可怕。明明在发怒，却还很有逻辑。语气平和冷静，却又好似撒娇的孩童。最终，老师在吩咐说"今后要提前一刻钟到拍摄现场"后，中止了当日所有的课程。好恐怖。如果我是主人公，因此沉重打击而退学也未可知。

---

[1] 本节译文摘自《演员的自我修养（第一部）》，杨延春、石文、保丽娟译，广西师范大学出版社，2013年。——译者注

世界知名的表演体系"斯坦尼斯拉夫斯基体系"竟然以"不要迟到"这种小学生般的教训开始,委实有趣。这或许是因为彼时俄罗斯的演员们很难按时聚齐的缘故,又或许是因为万般奥秘皆以此浅显直白之理开篇的缘故吧。世阿弥的《风姿花传》的序文中写有"多做排演"。

据信,世阿弥的"初心不可忘"有数层含义。

一个是,不可忘记年轻时、刚起步时不成熟的演技与心境。另外,还可解释为"每个阶段的初心不可忘",二十岁时有二十岁的心境、三十岁时有三十岁的心境、每个阶段的演技都是人生初次体验,须抱着新人的心境去排演。(我是这么觉得。大概是吧。)

虽然程度完全不可与世阿弥相提并论,但我也有一个与"每个阶段的初心不可忘"相似的教诲。

"前一个片场所学的东西,在下一个片场,大致不起作用。"

前一个片场中进展顺利的做法,只是因为适合那个片场所以才会进展顺利,并非放之四海皆准。下一个片场同样进展顺利的情况也并非完全没有。只是,最好先认定其不能通用,放弃它,重新选择新的方法,这样成功的可能性更大一些。

当然,这与从"不要迟到"这种基本规则起步有相似之处,费时又费力。然而,在新片场,与新伙伴一起,探索新的做法,倒是也很有趣。顺利的话,或许会完成只有在该片场才能完成的、令人耳目一新的作品呢。

因为参演新的电视连续剧，故而最近都在迷迷糊糊地想着这些表演之事。

以前，因参与某电视节目到马赛时，曾经请一位据说很准的塔罗牌占卜师给我占卜过有关工作的事情。据说是吉卜赛后代的她一看到我选的牌，立刻挺直上身，探身到我的眼前，用缓慢、低沉的声音说："好……好地，听别人的话。"

不消说，之后，这也成为我的教诲之一。

型

本次我出演酒保的角色。

每逢此时,我都后悔自己没有多打几种工。酒保自不必说,连侍应生的经验我都没有。哪怕我只有数周的经验,上手也会更快一些吧。

由此看来,于演员而言,人生经验是一大武器。所谓功不唐捐。

然而,反过来讲,如果试图精明地只选择对将来有用的经验的话,那事情又会瞬间变得困难起来。费尽周折学习汉语,结果却须要演俄语教师;好容易锻炼了肌肉,没想到来了一个病人的角色。最终,我们能够提前做准备的范围极为有限。与其感慨经验不足,倒不如匆匆开始准备更为有效。

很久以前——小学四年级到六年级之间——我曾经参加过少年棒球队。记忆中我从不曾活跃过。甚至可以说,我完全不适合打棒球。不知为何,我没有中途放弃,真是令人不可思议,但必定是有着小孩子自己的理由。

即便如此,"空挥球棒"的练习,我一天也不曾停止过。

反正是自己一个人挥球棒，不会给任何人增添麻烦，且学着做"看似标准"的姿势本身也很有乐趣。唯一的问题是，打不到球。

我很久以前眼睛就不好，一直戴眼镜。不知为何，当时坚定地相信"戴眼镜的话，光线会发生折射，无法形成正确的图像"。球技的根本在于"看清楚球"，故而这个缺陷可以说是致命性的，几乎就等同于放弃击球。如此一来，除非奇迹出现，否则我的球棒是不会碰到球的。如我这般达观的棒球少年相当罕见吧？

自然，比赛时我都是候补，总是坐在冷板凳上呐喊助威。有时，我也会作为跑垒指导参加比赛，但选手们谁都不听我的指示，于我而言，这样反倒更值得庆幸。

随着比赛的进行，失败色彩愈见浓烈之时（我们是常败队伍），教练通常会点名要求我做替补击球员。任何人都不期待我能击中球，连我自己亦不例外。常规队员尚不能击中，我自更不必说。不久，我站上击球位置，对于整个队伍来说，就成为"败北的仪式"。

一旦被指定为替补击球员，我通常会毕恭毕敬地拜领任命，然后带着轻松明朗、沉着冷静的表情走向击球区。就如高举白旗的军使般，竭尽全力保持威仪。步入击球位置，首先向对方队伍、裁判员及球场全体人员深施一礼，随即便以无可挑剔的完美姿势抓紧球棒。剩下的，只是通过空挥球棒练出来的干脆利落、迅猛有力的挥棒动作，连挥三次即可。除非有意外发生，否则一般来说，比赛就此结束。

趁空闲时间，我一边练习调酒的"空挥球棒"，一边忆起这些无关紧要之事。用手去熟悉调酒器，如此无趣的事情我却不以为苦，或许是少年棒球的成果也未可知。那看似一无所获的三年也终是有所回报。与那时相比，我总感觉自己现在的"空挥球棒"似乎也会派上用场呢。

长大成人，似乎也不赖。

试

蒙田（一五三三～一五九二）写就《随笔集》时，法国正处于宗教战争的混乱之中。文艺复兴虽已有波及，但反动势力也根深蒂固，故而，蒙田的口吻常是自虐与谦逊混杂，比如"我非神，无从可知"。然而，虽然口出此言，下笔却是绵延不绝，最终，完成了岩波文库六册的鸿篇巨制。不由让人想起不断增建的乡村的巨大旅馆，非常惊人。

之所以写下上述看似自命不凡的内容，是因为我得知已然成为文艺体裁名称的"Essay"，原本是"尝试""实验"的意思，深感有趣的缘故。

不知为何，标题本身似乎就有反复重申"我写不出什么重要的内容，写出的内容正确与否也无从得知。我所能写的，只不过是我彼时所思所想之事。即便是彼时，我也如与己无关一般，冷眼审视我自身与我所写的内容。换言之，本书乃是我对世界之反应，是类似实验观察记录的东西……"之感。或许，这只是蒙田为了更容易解说明白而采取的策略吧。

日语中将 essay 译作"随笔"，同样给人是任由笔写之感，通过巧妙隐藏主语的方式，表明"非也非也，想要书写者并非是我，而是这手中之笔"，以便更加容易将想说的话说出口。这，或许是日本独有的智慧吧。

上回，我提到自己参加少年棒球队，结果只有空挥球棒练习得很熟练。这种"空挥球棒特质"至今仍然未有丝毫改变，比如，出演酒保的角色时，空挥调酒杯是我每天必做的功课。

当然，我这并非是在博取诸位"那是位值得敬佩的演员"的美誉（其实也有一点），我想说的是，一直练习空挥的我，在内心深处的某个地方，其实是在寻求"只要做好这些，就不会受到责备"的安心感。

于我而言，练习空挥，或许是为了掌握一种"型"，以便能够堂堂正正走到人前，或许，我想要将这个"型"当作铠甲一般包裹于身，以便获取安心感。礼节也好，空挥调酒器也罢，其真正的动机或许都只是"不想受到伤害"而已。

虽然这完全是我的凭空想象，但我总觉得美国的棒球少年似乎很少做空挥球棒的练习。与其一个人挥棒，不如索性来一场比赛，怎么说呢，给我的感觉是，他们"对将不完美的自己暴露于人前并无任何抗拒感"。虽然只是我一厢情愿的武断感觉。

而且，这也完全是我的凭空想象，欧美的演员出演酒保角色时，到"想拜托别人指导""到酒吧去实际见习""如有余暇，定要备齐全套道具试试看"的阶段，或许与我大致无差，然而，

"独自练习，掌握其型"就或被省略，或恰到好处地中止，改为"在自己家举行鸡尾酒晚会"或"到朋友的酒吧去当店员"吧。

"型"与"尝试"，哪个更好我并不知晓。若将铠甲铸造得过于坚固不免令人不快，而一直一副初出茅庐的架势又会让人心生厚颜无耻之感。二者恰如一车之双轮，该当如何取得平衡呢？

如此结尾实在有些仓促，敬请海涵。说到底，这毕竟也是一篇 Essay（尝试），姑且算是吧。

春

年轻时，我曾以为所谓好演技，全凭"神灵眷顾"。

不成熟的我在反复进行不成熟的思考（作品的主题是什么，感情该如何流露）的过程中，灵感会于不经意中突然降临。剩下的便只是委身于那份冲动，如此便会不知不觉中化身为剧中人物。虽然我不认为自己是天才，但偶尔也会想"某种偶然条件下，我是否也会有成为天才的瞬间"。那已然是十年以前之事。

如今跨入三十三岁的我，想法发生了很大的变化。

多数情况下，灵感是"一点一点，零零星星"地出现的。大收获极为罕见。倒也并非没有成为天才的瞬间，只是单凭那瞬间的天才之举实是难以弥补所有的演技上的不足。就如试图用分量有限的肉馅儿做汉堡肉饼一般。能够到手的肉馅儿分量每天都有不同，只能想办法贴补或者调整烹调方法，尽量完成看似汉堡肉饼的料理。

在内田贤治导演的《遇人不淑》中，有这样一句台词，"三十过后，不会有命运的邂逅"。具体场景是，有一位公司职员对与女性的邂逅持消极态度，他的侦探好友目睹此状产生的领悟。

——听好了，我明确告诉你。一旦过了三十，什么命运的邂逅，什么顺其自然的邂逅，以及从朋友开始慢慢互相吸引进入热恋，这一切都不会再发生。已经没有调换班级、也没有文化节活动了——

意思是说到了一定的年龄，还将彻底改变自己的希望寄托于他人身上，如意算盘打得未免太响了。山田聪先生演技非常高明，他眼睛紧盯着对方，表情严肃地强调着自己的观点，我被他的气势深深击中，这个领悟也成为我心中的一个命题。一旦过了三十，便不会有命中注定的邂逅。

这本是讲述恋爱的格言，但在工作方面似乎也适用。

"一旦过了三十，便不会有命运的邂逅。能够彻底改变自己的价值观、发现至今不曾发现的全新自我的工作，是不存在的。"

年轻演员的演技之所以经常会带给我们感动，大约是因为作品中的他们某种程度上真的在受伤，并因此而发生改变吧。改变，通常都伴随着痛。

"命运的邂逅"会将之前所深信不疑的东西连根拔除。某种意义上那与死去毫无二致。面对受到导演责备而意志消沉的年轻演员，前辈演员有时会鼓励道："不管做得多糟糕，都不会让你死掉。"然而，年轻演员"死去"的感觉，在某种意义上却是无比真实的。

知道"绝对不会因此而死掉"的演员，极少会得到命运的邂逅的眷顾。或许，此等危险之物只会光顾青春期的年轻人们吧。那些不清楚自己是何人、对自己的处境无法把握、从内心深处坚信友情、青春等肉眼不可见之物的青春洋溢的年轻人。

话虽如此，三十有三的我，每次参演新作品，仍然会不由暗自期待"这或许是命中注定的作品"。即便未能如此，我也无有丝毫抱怨。何况，这种可能性也并非完全为零。

现在，我在参演内田导演的新作《放学后》。讲述的是中学的三个同班同学引发的故事。或许，这次我会表现出"如有神助"的演技也未可知呢。当然，如果有人跟我说"一过三十……"之类的话，我就毫无招架之功了。

肉

最近我一直在吃肉。

因为在扮演报社记者的角色,忆起曾有人说过"肉最易燃起斗志"。真假无从得知。是否是塑造角色的正确方法更是毫无自信。但从经验来看,多半是假的。就当其是出于好奇心的人体实验好了。

然而,要问是否报社记者都喜欢吃肉,这个嘛,属实的概率很大。其中,如果具体到没白没黑追踪事件也即所谓的"事件记者"(我扮演的正是事件记者)的话,那可以说百分百都是肉食者。我咨询过数位事件记者,有人表示"夜间追踪完毕后已是凌晨一点多,大家振臂一呼奔烤肉店而去,这是日常状态",有人表示"宿醉第二天的午餐,最终也会选择吃肉",还有新入行者说是"饮食日益转向肉食派",几乎个个都是以食肉为主。或许,是因为工作性质使他们愈来愈像猎人吧。

这样说或许稍嫌奇怪,我总觉得事件记者是"男孩子会喜欢的职业"。

虽是公司职员,却同时也有着身为文人的傲气。如有事件发生，哪怕彻夜不眠也绝没有丝毫抱怨。对胜利的执着、意气、功名心。这是一份适合有战国武将、明治军人气质的人的职业。

如果将世间职业分为"狩猎型"和"农耕型"的话（究竟是否可以做此分类，我并不知晓），我觉得事件记者是"狩猎型"。他们不是在森林中捡橡果，在田野中种蔬菜的形象，而是大家发出野性的呼喊一起围攻野猪的形象。

事件记者的主要对象是警察。获知警察的搜查情况，早于其他报社记者完成报道。占得先机的记者必定会觉得自己如斩获了敌人首级的武士将领一般。说是"斩获特大新闻"毫不为过。

身为局外人，我对"报道稍微迟了一些"这件事情的重大性毫无实感。我甚至觉得何不等事件搞清之后再做报道呢，怎么说呢，我感觉记者们似乎毫无必要地匆忙和慌张。或许，那是只有实际站到跑道上的人才能体会到的紧迫感吧。

事件记者追踪着在追踪犯人的警察。记者不会想要越过一步，直接去追踪犯人吗？如果说警察的职业是"狩猎型"的话，那么事件记者深受警察的"狩猎情绪"影响，承受着双重的紧迫感。当然，到此已完全是我本人的胡思乱想。

话说，甲午战争时，正冈子规虽然病魔缠身，却仍热切盼望能够成为一名从军记者。如果允许我继续胡思乱想下去的话,那么我认为,或许是子规内心深处的"男孩子"部分想要品味战争所具有的狩猎氛围吧。

我毕竟也是男孩子,事件记者自然也是令我向往的职业。如风般四处奔跑,面红耳赤地互相叫嚷,演起来着实过瘾。

然而另一方面,我内心深处的"男孩子"部分有时却并不可靠,说实话,那也是我坚持吃肉的主要动机。我似乎是呆呆旁观其他人追赶野猪的那类人(这同时也是我对于演员这份职业的印象吧,或许可称为"非生产型"),我想要通过吃肉这个行为来激发自己的狩猎情绪。当然,至今看来并无效果。

果然,作为塑造角色的方法,它从根本上就是错误的。

雪

电影《壁男》的公映定下之后，为跟当地观众见面，我再次来到札幌。

这部电影的出演者、工作人员多是北海道人。我与他们也是久违的再会。大家一起兴高采烈地喝酒聊天，仿若这中间并未有一年半的间隔，似乎稍事小憩便要再去拍摄一般。

这是我第一次来到夏天的札幌。去年冬天拍摄之时，空气似乎也都冻僵，整个城市恍若一座水晶宫。没想到，雪融之后的城市又是一幅全新的光景。本次八月二十日我到达札幌时，车站前的电子屏上显示彼时气温为三十度。我记得去年冬天在该车站前拍摄时，显示的气温是零下十五度。着实令人难以相信这是同一座城市。

成长于南国之乡的我，心中武断地将雪国想象为"诗人聚集的地方"。或许是受宫泽贤治等人的影响吧，我脑中浮现的，多是在白雪掩映下的安静又温暖的家里，诗人端坐在房间中，在头脑中安静从容地编织着故事。当然，并非只有雪国才是诗人的故乡，然而，童年时代曾体验过"看惯的风景因为雪而变成另一片天地"的人们，面对眼前展现的这个新世界，或许会产生跟我完全不同的感触吧。怎么说呢，就像是现在我们所能看到的风景背后还另外藏有一个完全不同的世界一般。或者说，尽管眼前是天翻地覆的新世界，然而心神宁静下来之后便可安然接受其变化。

我只是一个对诗人本身怀有憧憬与向往之情的人，并无切身体会。但我总认为，正是能够产生"现下当前可见的风景并非所有一切"这种念头的从容之心，才是创作出诗、故事等的源泉。

在电影中，我扮演一位总是幻想"墙壁之中另有一个世界"的男人。这种疯狂与幻想，或许在根本上与诗人是相通的。再进一步说，观众们欣赏这部电影，实际上也是主动接受"现实世界之外尚有其他世界"这个幻想。为了并不真实存在的主人公流下真实的眼泪，想来真是一件不可思议之事。

我的家乡宫崎即便在隆冬也极少会下雪。中学时，有一次校园中曾积起薄薄的一层雪，整个校园为此沸腾起来。大家都飞奔出教室，在外面玩耍，甚至有十几个人因此而患上感冒（说起来，我在拍摄过程中也患上了流感。难道那也是太过开心所导致的？）。

当然，南国之乡也是有诗人存在的。只是可能我本身的性格与诗人无缘吧。

在我看来，眼前所展现的风景既无表也无里，当然也无从想象它会突然变成另一番景象。在我内心深处某个地方总是认为，只要不停息地走过眼前的道路，越过一年四季不会被雪阻断的山巅，便可到达任何地方。

可以说，电影《壁男》是由一位与诗化情绪无缘的演员，在一座诗意的城市，在诗人环绕下完成的作品。

如能获得您的欣赏，我将不胜欣喜。

住

最近不知为何，总是不由发呆。在群马县的嬬恋拍摄电影《两个穿运动服的人》，虽然已经下山，却总是每天都在发呆。有时会忘记已有计划，有时会迷路，有时又会听不到别人说话。或许是因为拍摄现场一直都在森林环绕的山庄之中，一直未能从悠长假期的心绪中走出来吧。

或许是我已习惯山中清冽紧绷的空气，下山之后总觉得东京的空气过于松弛。拜此所赐，脑袋和身体都不清醒。难道是我被山中的云烟吹到了吗？

电影《两个穿运动服的人》改编自长岛有先生的同名小说（集英社文库），主要讲述的是父子二人在北轻井泽的旧别墅中过夏天的故事。

倒是时而也有客人到山庄来拜访，但基本上没有什么大事件发生。在逗留期间，主人公心怀的烦恼之事也并未得到解决。从繁华都市来到山中，在山中逗留一段时间，然后又返回都市。情节真就只是这样。但不知为何却无法不受其吸引。真是不可思议的小说。

我虽不能胜任解读作品的任务，但我觉得，可能是这部小说"不发生事件"的特征对我产生了吸引力。主人公很认真地在踌躇，又很认真地在相互客气。问题的"不能解决"也很真实。感觉似乎顾虑到很多事情，而不能够立即做出结论。一副袖手旁观的样子。或许我就是对此产生共鸣的吧。

或许每个人面临的具体情况不同，但大致说来，"只能默默旁观其发展进程的事情"与可以凭借自己力量解决的事情同样多，甚至更多。同样，"想说却最终未能说出口的话语"也并不比已然说出口的话语少。

这部小说中有很多"未做之事""未说之言"及"遗留的问题"，我感觉就是这些使得故事更为真实。

小说中有一个情节是，主人公很诧异"在没有任何娱乐活动的深山之中，究竟要做些什么"，主人公的父亲回答说是"住"。我非常中意这个"住"。

说是在别墅中生活，说到底其实所做的也不过是住而已。毋宁说正是通过远离都市，才能够集中于"住"这个行为本身。由于"住"是主要目的，故而人生的问题不会得到解决而是会遗留下去，父子之间的距离也不会缩短。

如果我们的电影能够成为反映"住"的作品，那我就太高兴了。

如有人问我"在深山之中逗留三个星期，到底拍了什么"时，我能回答说"就是住"，该是多么帅气！

有关最近经常发呆的原因，我也曾试图特别神气地表示是"因为我扮演的人物'未做之事'过多，直到如今我仍然沉浸在角色之中，心灵的一半仍然留在嬬恋……"，实际上却远非如此，就只是发呆，仅仅如此而已。

毕竟，还有剪接等后期工作要做，电影的完成尚需要一段时间。有关我发呆的原因，我想也暂时"遗留"到彼时再做探讨吧。

懂

有时，我会就我出演的作品，接受杂志等媒体的采访。

舞台剧的采访多是配合演出票的发售进行。接受采访大抵是开始排演的前后一段时期。那时，或者剧本尚未最终完成，或者还未与同剧演员熟络起来。说实话，根本无法预料能够完成怎样的一部作品。又不能不负责任地大吹法螺，故而讲出的意见总是略显谨慎保守。

而如果是电影的话，则采访通常放在影院公映之时进行，此时作品已然完成。但这样也有这样的问题存在。

自己倒是不妨可以拍着胸脯大打保票说"是一部杰作""展现了最好的演技"，但观众马上可以检验作品的质量，有时难免会出现"什么嘛，也没有说的那么好看嘛"这样的反馈。将实物摆放在眼前的豪言壮语也并非那么容易。

于我而言，最好的就是我大可以就已然结束的舞台剧，对那些不会再有机会看到该剧的人骄傲地表示"那部舞台剧特别有趣"。然而，上述评论毫无商业价值。最终，舞台剧也好，电影也罢，我所能够做的就是客客气气地讲述小心翼翼的我本身。要说做得不错，我还真是做得不错。

现在，我在演出一部描写川上音二郎的舞台剧。他是明治时期知名的戏剧家，凭借 oppekepei 曲调而蜚声海内外。他最先将莎士比亚戏剧搬上日本舞台，并最终实现日本剧团的首次海外巡演。

于我而言，明治是一个令人憧憬和向往的时代。不仅仅是川上音二郎，追寻着明治人的足迹让我内心欢欣雀跃。那个时代，似乎整个国家都充满生机勃勃的朝气和积极向上的能量。或许因为，那是一个在政治、学问、艺术等各个领域都在进行着各种冒险的时代吧。

或许还包含有一种"那是自然，那时不管做什么肯定都很愉快"的挖苦嘲讽之情。毕竟是第一次演出莎士比亚剧，仅凭这一点就能够扬名立万。自然，上述观点只是偏见和嫉妒。跟听到年长者创业之时的艰辛往事会产生抵触感是同样的道理。

不必说，"明治"时期必然也有焦躁感与危机感的一面。国家根基不稳，不知日后会作何发展，是一个面临危急关头的时代。从这一点讲，或许与当今的伊拉克及阿富汗不无相似之处。然而，虽然很多人对幕末及明治时期有憧憬和向往之情，却甚少将这份情感代入伊拉克及阿富汗。至少我是如此。或许是因为他们所承受的矛盾与混乱过于真实地暴露于我们眼前之故吧。而我对"明治"产生憧憬与向往之情时，无意识地选择遗忘明治人的鲜活性。

不夸张、实事求是地去认识已然过去的时代绝非易事。对当今已然不复存在的人物不捧不踩、而是将其剪切为刚刚好的大小更是难上加难。于每次接受采访都很难既不夸大也不缩小地讲述自己的我而言，那简直就是可望不可及的神技。

我感觉，三谷幸喜先生所描述的幕府末期及明治的人物既不夸大也不缩小，总是刚刚好的等身大小。至于那是因为三谷先生是喜剧作家之故，还是因为三谷先生就是三谷先生之故，我就无从得知了。

在舞台剧《无所畏惧的川上音二郎剧团》中有十三位那样"尺寸刚好"的明治人物登场。我希望自己能够在舞台上全心全力地体味明治情绪。

服

舞台剧《无所畏惧的川上音二郎剧团》继续演出中。公演时间大约持续两个月。

本次我的衣服基本上是和服。白衬衫上套深绿色毛衣，外面罩上藏青色和服，穿着小仓织的和服裤裙，可以说是书生装扮吧。不知为何，穿上这身衣服我感觉很安心。估计平常当便服穿也没问题。或许我出生的时代被搞错了吧。

西式服装与和服和裤裙混搭的风格，怎么说呢，感觉是真正的和洋折衷。行动自如，现代生活中完全不会产生任何障碍。甚至让人感觉是将从父亲或者祖父那里得到的旧衣服进行了翻新一般，内心很是愉悦。会不会引领一时的风尚呢？

说起来，我不会穿和服。

我曾几度尝试自己穿，每次都像是小孩子换衣服一般，总是有地方不熨帖。无奈，最终总是请服装师帮我穿。

在舞台之上，我扮演明治人，但台下却自己一个人连衣服也穿不好，这不能不让人觉得滑稽可笑。就像是无法将扣子扣整齐的人出演现代剧一样，充满不协调之感。如此比较联想之后，我感觉自己发现了一件至今为止都不曾留意到的事实，心里不由一惊。就像是有人跟我说"你这家伙，这似乎并非仅仅是穿衣服的问题哦"一般。

不仅仅是明治时期，只要我出演历史剧，我时常会有心中一惊的感觉。不，我并不是想要表达"作为演员，必须要学习很多事情"。也并不是要说"现代生活中与和服接触的机会比较少"。我想说的是更为浅显的事实，即"我与明治人实在是有着天壤之别"。在我与我所扮演的角色之间，有着一道无法逾越的深渊，穿和服的问题只是冰山一角而已。理解我所扮演的角色，并像自己的动作一般自如地将其表现出来，这原本就是不可能之事。有时我会陷入这样的绝望情绪之中。

三年前，我出演翻译剧《适合穿丧服的厄勒克特拉》时，心情也是与此完全一样。或许是因为翻译腔的缘故吧，我总是无法适应其独特的表达方式。

我并不十分清楚英语与日语之间的差异。以主语"I"为例，英语台词中必然有很多主语"I"，若不如此，则与英文的语气不吻合。然而，如果日语中也完全照此说的话，就会变成"我啊，是这样想的""我啊，希望你这么做"，难免给人幼童吵架之感。当然，翻译家也很清楚这一点，只是，对于总是与"I"保持无法分割的亲密关系的语言来说，"I"简直就像是体臭一般渗透到该语言之中，轻易无法剔除。七转八绕啰里吧嗦的台词念法更是雪上加霜（当然，最终这些都成为该剧的魅力所在），我被逼到了绝望的边缘。"我与美国人实在是有着天壤之别的"。

话虽如此，若是缺失了历史剧与翻译剧，那世间的故事该是多么无聊乏味啊。如果"只能进行短小的设定"的话，那么，作为演员也是深感无趣的。只能在某处切断并抛弃绝望的情绪，坚信"大家不都是同样的人嘛"，从能够理解的部分开始着手行动。

我们的工作总是在"能理解"与"不理解"之间左摇右摆。说实话，任何作品中都有能理解的台词与不能理解的台词。最可怕的是"只着眼于能理解的部分，错误以为理解了整部内容"，以及"只着眼于不理解的部分，性急地放弃全部内容"。

为期两个月的公演是长是短我无从判断。我只是在给我的时间内做好自己能做的所有事情。或许，等公演结束之际，我已然能够一个人穿和服也未可知。

位

有一种练习戏剧的方法，叫作"地位游戏"。它是即兴表演的一种，首先需要准备与人数同等数量的写有数字的签。抽到的数字决定该人的"伟大程度"。假设有十个人一起玩，那么抽到"1"的人地位最高，抽到"10"的人地位最低。演出的场景可以设定为公司的会议室，也可以设定为居酒屋大家聚餐，随意即可。

游戏参加者都只知道自己抽到的数字。因此需要边推测别人的地位高低边进行表演。如果抽到的数字是"1"，那事情就简单了。周围所有人都比你自己的地位低，所以尽可以无所顾忌地随心所欲。同样，如果抽到"10"，那只需要对周围所有人都点头哈腰即可。比较麻烦的是抽到中间数字的那些人。

转过来对这边点头哈腰，转过去对那边又要大逞威风，着实忙碌得很。数字很接近的人之间要确认"哪一位地位高"也并非易事。一个场景结束时，全体参加者都要互相核对答案，结果发现4、5、6等的顺序多有混淆。

原本该游戏的核心便是抽到中间数字的人们。以谨小慎微地采取行动的他们为原动力,整个故事才得以展开。抽到"1"的人,在游戏期间的确可以安然淡定地采取行动,然而却难免时常产生被置于场外的抽离感与寂寞感。"做任何事情都不会被责备"与"做任何事情都不会被表扬"一样,有时候竟也会因此感到无趣。

当然,地位为"1"的人有着作为"1"的快乐。所有人都百般奉承自己,自己的步调不会被任何人打乱(此处指的当然是在游戏中)。那份感觉,与扮演天才时的感觉很是相似。

五年前(二〇〇三年),我在电影中扮演过冲田总司,众所周知的天才剑士。彼时,我真的产生了自己也变得强大的感觉,非常愉快。自然,强大的是"角色"而非我本身。让我看起来强大的,是同剧的演员们。在这部电影的困难的砍杀场景中,扮演被斩杀的角色的演员们都鼓励我说:"您只要不断挥舞大刀就可以了,剩下的我们会想办法配合好。"然而,越是如此,我越是感觉不应该束手束脚,而是应该接受周围人的盛情,尽可能活生生地、愉快地、自信满满地进行表演。如果我扮演的是被斩杀的角色,那么至少我希望杀我的人能够意气风发地挥舞大刀。那样,即便被斩杀也是有价值的。

回到原来的话题,"地位游戏"其实还有升级版。其规则是准备两套与人数相同的写有数字的卡片,以此决定"表面的地位"与"自己认为自己其实是这个分量的内心的地位"。

如此一来，就有可能会出现虽然身份是社长，但不知为何就是无法昂首挺胸的人物。虽然游戏的难度增加，但其实这个版本更加接近现实。

我在本次的电视剧中出演将军角色。德川幕府第十三代将军家定。当时政治的实权实际上被重臣所掌握，家定几乎可以说是傀儡而已。他的"内心的地位"是怎样的呢？它与"表面的地位"之间距离愈大，作为扮演者愈是觉得有趣。

不管如何，他是众所周知的武家的栋梁，其表面的地位毫无疑义是"1"。参演者都是令人仰视的优秀演员，我暗自下定决心，这一次，即便要接受他们的刻意关照，我也一定要充满激情地扮演好我的角色。

命

《德川将军家十五代的病历》（筱田达明·新潮新书）是一部讲述历代将军的死因及其病症的书籍。据这本书记载，我所扮演的十三代将军家定患的是严重的脚气病（筱田先生推测说其死因或许是脚气病）。

那个时代因铅中毒而痛苦不堪的将军似乎也不在少数。因为他们尚是婴儿之时经常会被全身涂抹厚厚的含铅白粉。那是一个难以理解的时代。

家定因病去世时年仅三十五岁。本次的电视剧中也有多处身体不适的场景，或许就是脚气病与铅中毒吧。这两种病名并不为现代人所熟识，很难将自身代入该场景。

脚气病所表现出来的病症是全身倦怠及食欲不振。末梢神经被破坏，脚部会麻痹。而我只有因跪坐而导致脚部麻痹的经验，说起来似乎铅中毒更加明白易懂些。贫血、消化器官损害、神经损害。剩下的两大症状大抵就只是便秘及关节疼痛了。对于贫血，我稍有经验。

身体出现状况大约是加入剧团之后的第二年。稍做运动便无法呼吸。起初我以为是排演疲劳所致，到医院检查之后发现是贫血。据说我血液中的血红蛋白数值还不到正常数值的一半。医生说除非大出血，否则极难降低至如此低的数值，因而多次询问我"最近有做过手术吗""患有痔疮吗"之类的问题。

然而，我本人对此很是茫然。如果有出血的话，那即便再不小心我也应该有所察觉。据说营养失调也会造成此现象，然而彼时我虽然贫穷，却也从不曾削减生活费至如此地步。因为我一直保持沉默，所以诊室中的气氛便显得很是尴尬。医生再一次转回到痔疮的可能性，再一次询问我"是痔疮吧"。护士的脸上也流露出"是男人吧？你就痛痛快快回答痔疮吧"的表情。在大半是沉默的诊疗过程中我们达成协议，最终症结归结为严重的营养失调。真实的原因至今仍是谜团。

不，我想说的不是痔疮而是贫血。更精确地说是身体失调的原因不明时产生的不安情绪。

在西洋医学传入日本之前，很多日本人去世之时并不知道自己所患的疾病的病名。脚气病的原因得以探明是在明治十七年，而含铅白粉则一直使用到昭和初期。

人们不明原因就死去，他们的亲人是怎样的心情呢？包括父亲的养子在内，家定共有二十九个兄弟姐妹，然而最终长大成人的只有四人。死去的兄弟姐妹与剩下的自己之间究竟有何不同之处，任何人都不知晓。最后，自己也不明原因地死去。这种时刻，人会不会对生命产生一种漠然及听天由命之感呢？怎么说呢，"这条命是自己的，但同时又并非自己的"之感。

虽然只是微不足道的经验，但患上贫血时，我也曾产生"我果然还是无法做演员啊"的感觉。我最终决定在被医生禁止之前，即被别人要求停止之前，再尝试一下。

原因不明的贫血又原因不明地自然治愈了。然而，我对于演员生命所产生的"并非我自己的所有物"的感悟至今仍有留存（顺便一提，我当时有十三位同期生，然而十五年后的现在仍然在坚持表演的仅有四人。可以说与家定的兄弟姐妹的情况很是相似）。

家定也曾如此审视自己的生命吗？或许，演绎他的生涯时，最重要的并非"是何病状"，而是不了解自己病名便死去时的情景吧。

品

最近，我时常会思考"何谓品行"。

那主要是因为我最近在历史剧中扮演将军的角色之故。身为征夷大将军，家世、教养，无论从哪方面都应是无可挑剔的人物。一言一行中都应反映着他的良好品行与风度。

这种"良好品行"原本就非我能胜任之事，而这次的故事更加复杂。动不动就大动肝火，动不动又兴高采烈，着实是一位极其热闹喧哗的将军大人。导演要求我表演得"充满激情，但，要品行优雅"，这份指令简直就像是音乐的演奏记号一般精确简洁。其中的"充满激情"我已然明了，但，它真的可以与"品行优雅"兼得吗？不，首先，这所谓"品行优雅"究竟是怎样的形式？考虑到这些，我完全束手无策了。

唯一的线索就是"充满激情"与"品行优雅"之间是通过"但"连接起来的。也即是说，"品行优雅"的人对生命活动并不太热心。至少我是如此感觉的。的确，大口吞咽食物，欢声大叫大嚷，积极主动地与异性搭讪攀谈，此类行为很难称其为品行优雅。或许，"充满激情与品行优雅"原本就是不可能的命题。

然而，如果以此作为最终结论总让人感觉有些遗憾。同时，也会觉得似乎并非完全是那样。换言之，"品行优雅"的人，即便是着急忙慌地吃饭、粗声大气地说话，也能让人感觉不知何处散发出优雅的风度感。话虽如此，"无论做什么都表现出品行优雅的人就是拥有品行优雅的人"的说法似乎又等于什么都没说。我愈来愈不知所措。

令我不知所措的或许是，我是彻头彻尾的普通庶民出身，无从了解家世良好的人们的生活。于我而言，考虑高贵门第的生活，就如想象已然灭绝的生物的生活一般，心中十分不安。当然，并非只有高贵门第才是培养"品行优雅"的大本营，然而，我感觉，包括有历史渊源的端庄典雅、高雅讲究的身姿动作在内的"高贵门第感的事物"体现着"优雅的品行"。在身份制度已然消亡的当今，我似乎无法对"高贵门第"产生共鸣。家世及教养似乎都是遥远的另外一个世界的词汇。

原本，日语中的"品"一词就是表示阶级的词汇。从该原意中，衍生出"种类、等级"之意，然后又经过"身份、地位"之意，最后成为表达人的性格的词汇。汉字的"品"也是将三个表示多种事物的"口"字排列在一起。各种事物的价值、种类均不一样，因而它不仅仅是"物品"的意思，还包含有等级、差别、品评等意义。

如此看来，所谓的"品"，原本就只是为了通过身份、家世等将人们划定为不同阶级的词汇。与"品行优雅"意义相同的"有品行"是何时开始为人们所使用的，我并不清楚，然而，相信应该并非远古之事。

或许，"品行优雅"原本就是"身份高贵"之意吧。若果真如此，那我们庶民着实无从入手。如果优雅的品行是与生俱来之物的话，则，即便是努力学习知识、掌握耍小聪明的策略，也无法在短时期内习得。

这样思来想去，我愈发不知该如何去表现"品行"，甚至感觉就"品行"进行思考这件事情本身就不是有风度的行为，我的想法根本无法成形。

啊啊，这"品行"，还真非易事呢。

守

我仍然每天都在思考"品行"。

在电视剧《笃姬》中扮演将军,导演对我提出"充满激情,但,要品行优雅"的要求,我却不知该如何回应这个要求。

提到"品"一词,我在想到"有来历""高雅""高贵门第"的同时,脑海中还浮现出"保守""礼仪""慎重""谨慎"等词汇。在我的印象中,他们所使用的并非是流行之物,而是有一定年代的、质量很好的东西;比起"想做之事",他们优先考虑"该做之事"。而所有这些印象,最终都指向"遵守规矩"这一个行动原则。

在上一篇中,我曾写道"所谓的'品',原本就只是为了通过身份、家世等将人们划定为不同阶级的词汇"。这样的话,每个人所表现出的特有的那种气质也可以称为"品",比如将军家的人就会表现出将军家的气质。我感觉,那种独特的气质是通过遵守"该人特有的规矩"而形成的。

每一家中都或多或少有自己家独有的规矩,比如一年之中的定例仪式、料理的味道、说话措辞及禁忌等。通过遵守这些独特的规矩，每个人都会在自己身上蒙上一层薄薄的"那一家的气质"。在身份制度尚存的时代，人们将"那一家的气质"称为"那一家的品格"。或许，所谓高贵的门第，也只是在漫长的时间里坚持遵守自己家独有的各种各样的规矩的家庭而已。

"遵守规矩"的行为通常伴随有一定的自我牺牲色彩（夸张一点说的话就是忍耐）。怎么说呢，那是"忠于自我"的反义词。稍微克制一下自己，去遵守并非自己制定的规矩。通过遵守规矩，"自我""算计"等意识一定程度上被移除，空出的地方则会慢慢浮现出"品"来。所谓的品，或许就是这样的事物吧。

故而，我觉得，若是在大发雷霆、大叫大嚷之时，如果其中不含有自我或利己的算计，那么勉强可称其为"品行优雅"吧。本篇开头提及的"充满激情，但，要品行优雅"也并非不可能之事。

这完全是我个人的想象，真正"品行优雅"的人，大约不会意识到自己的优雅吧。他们认为自己所遵守的规矩或习惯是理所当然之事，并不期望以此换取人们的回报——比如他人"好优雅啊"的评价或高看一眼。那份毫不介怀或者称其为淡泊的气质，时常会令我产生"那个人品行好优雅"的感觉。

据说,在这部电视剧的主人公天璋院的娘家岛津今和泉家的玄关中至今仍悬挂有"诗经"中的一句话——思无邪。孔子曾引用其曰:"《诗》三百首,一言以蔽之,曰思无邪。"即将这一句话当作是对整部诗集的评价,意思是"诗经中'坦荡荡'的部分是最值得欣赏的地方"。

若是我能将现在所扮演的将军刻画为"思无邪"的形象的话,那就毫无问题了。然而于我而言,那几乎可算是悟道的境界。我能做到的,似乎只是尽量保持不在乎的状态,即便是这样也很是困难,而能否以此表现出"品"来,我实在是毫无自信。

啊啊。这"品行",果然并非易事。

家

以扮演将军角色为契机，我很长一段时间都在天马行空地思考"何为品"这个问题。

当然，像我这样的人是无法回答这种夸张的题目的。即便是著名的世阿弥，在扮演身份高贵的人物时，也带有半分无奈之感地表示"既无到达之法，亦难完全习得"。虽然原本这句话还有后续，即"即令如此，亦应勉力寻得合适之语，追求品行气度，等待观众之异见"，但并不能减轻这个问题的严重性。

他只是表达了"研究其所使用的词汇，探究其体现品位之处。设若仍被人质疑的话，只能随时调整而已"的意思。首先，不知是幸还是不幸，世阿弥生活的时代身份制度非常森严。而在标榜法律面前人人平等的当今，究竟哪里还有所谓"身份高贵之人"呢？

我认为，讲述"品"时的困难之一便是"现在其一无所存"这一点。

我在脑海中刻画"品"的形象时，首先浮现出的是片段式的印象（这个人的动作，那个人的语言等）。然后将这些片段逐一缝合，最终拼凑成一幅模糊的整体形象。

即便是阅读标题中包含有"品格"一词的书籍，我也总是感觉它所描述的不过是"品"的极小一部分内容而已。怎么说呢，就像是在阅读一个已然灭亡的国家的法律书籍一般，情绪上无法得其要领。内容是能够理解的。很有趣，也很有用。然而，曾经严守那些规矩的武士家族、华族及海军们如今都在干什么呢？是依然分散至全国各地，但仍在暗自守护着自己的"品"吗？就像是国家覆亡的王室一般，又或者就像是《里见八犬传》中的八珠一般。

有时，"品"会让我想起插在花瓶中的一朵花。

眺望着插在花瓶中的花，我会尝试去想象这朵花原本的姿态——在原野中开放的姿态及其周围的大自然。那如果是一朵我不熟悉的花，那么，我的设想便总感觉不可靠，无法抓住神态。因为看不到整棵花的样子。

如果将"品"比作花，那围绕着它的"周围的大自然"又是什么呢？或许是老房子、代代相传的家业。或许更具体地说，是父母及祖父母那端庄的坐姿，已经通过他们之口讲述给后辈子孙的更加古老的前人们的风貌。

在都市生活的人——当然也包括我在内——多是从那样的"家"中出走的人们。因而我总感觉，"品"——至少其整体的姿态——在都市中是不存在的。或许，所谓的都市原本就是拥有那种——掐下盛开在各自家乡土地上的花并将其铺在都市的大地上——繁华盛景的地方。

总之，我所能做的，只是将能够习得的"品"尽量网罗在一起,并将其如护体铠甲一般裹缠在身。幸运的话,那种"品"会转化为我的肌肤，更幸运的话，或许会传承给我的后代们。

无论如何，我总感觉，判断我是否有优雅的品行，并非是我本人，而是其他人的任务。自己的"品"，是无法自我言说的。"品"的复杂之处或许也体现在这一点上。

女

电视剧《笃姬》的拍摄结束。虽然时有断续，但我在一个角色上大约花费了近八个月的时间。杀青之后很长一段时间我都沉浸在放空的状态之中。如果人死去之后意识仍然活动的话，那么我便是那种状态。

当然，电视剧整体的拍摄仍在持续。用教科书风格来说的话便是，我所扮演的第十三代将军德川家定死去之后，"樱田门外之变""大政奉还""鸟羽伏见之战""江户开城""明治维新"等历史事件相继发生。

可以说，笃姬波澜起伏的人生从此才刚刚开始。

想到天璋院笃姬四十七年的人生之路，最能够打动诸位的是什么呢？在拍摄过程中我曾模模糊糊想起此事。是一步一步行至将军正室的出人头地之程？是一手掌控后宫大奥的权势？还是在江户开城中所做出的历史功绩？

当然，上述事件都很扣人心弦。然而，我总觉得，其中最让人感动的，难道不是这些事件之后的她的人生吗？即，保全面临着家系断绝之虞的德川宗家，拥戴第十六代宗主。

支持年幼的他作为静冈县一个小小的领主重新出发,这个重塑过程是最让人动容的。守护,培育,扶持,维系。可以说,这些工作耗尽了天璋院人生最后的十五年。

于被赶出城一方而言,江户开城是一次仓皇将手头之物揽在一起的再出发。这个比喻也许不恰当,就像是趁夜逃跑一样,漂流到某个地方,摊开各种生活用品,一切重新开始,但仍不改坚强刚毅的姿态。鼓励为失去的东西而意志消沉的男人,推动他将注意力转向手头还剩下的东西。这就是天璋院在我心目中的形象。或许,这也是我对"女性"及"母亲"所怀有的印象吧。守护,培育,扶持,维系。就是这样的形象。

虽说人各有不同,然而,"母亲"却通常会保留东西。旧相册,旧家具,旧餐具,孩子的奖状、成绩表。或许于其他人而言,这些都是毫无价值的破烂儿,而于保留着这些东西的她们而言,考虑"有价值,无价值"本身就是对这些东西所代表着的回忆的亵渎。或许,这与极少有母亲会考虑自己腹中的婴儿的价值是一样的。

我感觉在这部电视剧的拍摄过程中,自己似乎一直都在考虑"何为品"。虽尚未有结论,然而,或许可以说"所谓的品,就是人守护、传承的东西"吧。

天璋院所守护、培育、扶持、维系的诸多东西中肯定会有一部分作为"德川的品"或"武士的品",至今仍为某些人所传承。我感觉，那一部分中的某几种又成为我扮演将军时的指路标。比如，举止，礼仪，措辞等有形可见的表现。再比如，促使我感觉"品行优雅"的氛围等无形可感的表现。

不仅是天璋院，很多女性宛如将其嵌入老照片般守护着的"品的片断"——在本次拍摄过程中，我深感自己从这样的东西中获益匪浅。即便是拍摄已然完毕的今天，我仍然对她们怀有一种奇妙的感激之情，内心深处想要对她们深深地鞠一躬。真是一种甚至连我自己都觉得似乎有些难以控制的、极为恢弘壮大的感激之情。

父

我出演的两部电影《超越巅峰》《两个穿运动服的人》于本月相继公映。

《超越巅峰》的舞台背景是群马县的某报社。讲述的是一九八五年,日航的巨型客机坠毁那一年夏天的故事。我所扮演的是对事件追踪采访的三十五岁报社记者。几乎可算是跟我本人同龄。

怎么说呢,从与我同龄的角色身上,我感觉可以"客观地审视自己的年龄",这很难得。在浮躁的大都市从事演员这样一份浮躁的职业,我觉得自己经常无法准确把握"与年龄相称"的感觉。

充满激情的年轻人与成熟老练的老手的中间位置——三十五岁,似乎就是这样一个年龄。既能理解年轻人的幼稚笨拙,也能接受老手的狡诈滑头。然而,自己却是两不沾。一个悬而不决的年龄。

记者与演员,一九八五年与二〇〇八年,群马与东京。我与角色之间有很大的差异,然而仅仅因为同龄,不由就涌现出亲近感。怎么说呢,有一种想象"存在于另外一个世界之中的自己"的乐趣，宛如当下的自己穿越回到一九八五年一般。虽然不是很有实感，但或许可以将其看作是"通过角色，审视当下的自己"。

这次拍摄中，有关年龄我还有另外一个非常个人的乐趣。我所扮演的一九八五年三十五岁的这个角色，与我的父亲几乎是同龄人。

自己与父亲同龄，这感觉很是奇妙。即便是现在已然杀青，我仍时而会有穿越回到过去，与同龄的父亲相见并对坐小酌的感觉。那并非是对父亲的"理解"（单凭一起喝酒无法实现理解）。最多也就是亲近感而已。然而于我，那份亲近感也很新鲜。

一九八五年，就读于小学六年级的我从不曾想象时年三十五岁的父亲在思考些什么，而父亲也从未试图对我加以说明。或许不会有向小学生寻求共鸣的三十多岁男人吧，当然，父亲的性格也是很大的原因。而且我感觉，当时好像是将"缄默"作为男性美德的最后一段时间。

或许只是我个人遐想也未可知，"跟同龄的父亲对话的感觉"或者说是"通过父亲，审视现在的自己的感觉"是过去——时光的流逝缓慢，儿子过着与父辈同样的人生的时代——很多人都曾经有过的经验吧。

所谓"孩子看着父亲的背影成长",有一个必要前提,那就是对方有着与自己相似的人生。一旦此前提缺失,那么,父亲便会瞬间转身,与儿子呈面对面的态势。面对面却又彼此并无相告之言,时间就在父子的别别扭扭中一去不返。"父权的丧失"之类夸张词汇的背后,其实多是男人们之间别别扭扭的互相注视而已。

公映的另一部电影《两个穿运动服的人》中,主人公是一对父子。这两个人并未互相注视。要说的话,这两人是并排站立注视同一事物的关系。或许也是由于扮演父亲的鲇川诚先生的魅力吧,我觉得这种关系很舒服。

父子之间的关系很复杂。与原本就是其身体的一部分的母亲不同,自降生的瞬间起,孩子就一直在估算着与父亲之间的距离。虽然是两个不同的个体,但猝不及防的某个瞬间又会感觉他与自己其实是重叠在一起的。于我,这样的距离感或许刚刚好。

"父亲"是这样,"角色"亦是如此。

夏

夏日，我发呆的时间似乎比平常更多。

由于炎热，想法似乎无法成形为语言。尤其是今年我决定"过一个无空调的夏天"，对话中出现"嗯——""啊——"的概率迅速攀升。本篇文章也是在暑热难当的房间写就的。虽然内容上有些不得要领，但考虑到我是在为减少二氧化碳排放量做贡献，就请诸位勉力忍耐吧。

电影《两个穿运动服的人》正式上映，我的宣传活动也暂且告一段落。耗费如此长时间回顾自己出演的作品，于我还是初次。自五月份起就断续有采访活动，有近百家的广告媒体介绍了我们的这部电影。非常感谢。

若是杂志的话，平均采访时间约为四十五分钟左右。这其中还包括拍照的时间，所以采访时间不到三十分钟。如此短暂的时间内，要问及我的经历、秉性、电影内容等诸多问题，想必非轻松之事。还要将其以限定的字数加以归纳总结，并且要表现出记者及杂志的特色，在我看来，无异于神技。

自然，我在接受访问的过程中，也逐渐适应了"采访"这件事。所问之事大致是固定的几个问题，不久之后已然能顺畅自如地组织好自己的语言。如有突然想到的表达方式，则会放在下次采访时使用。

有记者问说"您说的是这个意思吗"，我学到了他的表达方式，暗自盘算下次接受访问时使用。因为时间有限，所以尽量回答得流畅一些。为了让读者通过少量文字了解我的意思，我尽量让语言更加紧凑、易懂、高效。

这，当然是件好事。

好事是好事，但是，怎么说呢，我总感到某种挥之不去的疲惫感。或许可以称其为对自己日渐自如且流畅起来的语言所产生的压力吧。

不，在此，我并非是说反复被问及同一问题而心生厌恶。那是宣传，而且能够跟更多的人见面我甚是感激。我也并非是说对用很短的话总结自己及自己的作品而心生不满。虽说作品是无法用一两句话概述的（如果那样便能表达说完的话，谁也不会制作电影了），但这毕竟是说明文。若有未尽之意，烦请观赏电影即可。

这个疲惫感，说到底是我自身的问题。现场的说话水平的问题。

或许我表达不好，怎么说呢，就是随着自己的语言日渐流畅、愈来愈自如，语言背后原应存在的动机（这种说法稍嫌夸张，其实就是该语言被表达出来之前的那份心灵的悸动）便被甩在了后面。语言与心灵无法契合，导致其轻飘飘地浮在半空之中，轻率又肤浅。慌慌张张地试图让其与肤浅的语言合上拍，只好去粉饰心灵。如此本末倒置的状态屡次发生，难免让人精疲力尽——我所说的疲惫感大约便是如此。

原本，语言是与沉默犹豫的心理活动配套出现的。或许也可称其为与语言相衬的、包含着混乱与矛盾的沉默的时间。电影《两个穿运动服的人》中，对那样的心理活动加以想象是非常有趣的，不，拿到剧本的演员最初便是被这种心理活动所吸引的。

宣传活动业已结束，这个夏日我计划好好享受"嗯——""啊——"这种沉默犹豫的心情。我感觉于我而言，这是非常重要的工作。虽然，这个工作在减少二氧化碳排放量的同时可以顺便实现。

志

本想着必须为自己出演的深夜综艺节目《恋爱新党》写点什么,但是半年过去了,节目已然结束,我却迟迟未曾落笔。即便现在仍有此想法,却是无论如何也写不下去。

虽然写不下去,我却很明了写不下去的理由。那是因为我没有自信能够为不曾看过该节目的人(有的地区没有播出该节目)解释清楚这是怎样一档节目。

至少,我并不知晓其他的同类型节目,所以无法做"这档节目就像某某节目一样"这样的说明。节目的企划书上倒是明确写有"演说型信息综艺节目",但单凭此恐怕无法解释清楚吧。我自己也是完全摸不着头脑。

在刚开始播出时,有次我在电车上坐在两个女孩子的旁边。那是一个假日的上午,从二人的对话中得知她们要去横滨玩。不知不觉中,话题转为"回程怎么办"。一位说"我们喝到深夜吧",另一位则表示"不好意思,我有一个必看的电视节目"。

第一位稍有不满地问:"什么节目?"第二位似乎很怕被周围人听到似的,放低声音回答道:"嗯,一个叫作《恋爱新党》的……"坐在她的右侧原本正专注读书的我，闻言不由得挺直了身体，但二人对此似乎毫无察觉。

"那是什么？什么样的节目？"第一位如连珠炮般连发数问。

"嗯……堺先生是恋爱新党的'党首'，发表类似'恋爱是很重要的'之类的演说，秘书塚地先生在后面倾听。"

"那是什么东西啊？好玩吗？"第一位的问题其实非常合理，然而我却愈来愈觉得她是坏人。真过分，干吗问这么直接的问题！然后，终于，我听到第二位语带含混地回了一个"嗯……"

我真想紧紧握住她的手，告诉她"已经足够了。你做得很好。谢谢你。今天在横滨好好玩吧"。但是，我未能那么做。因为我没有自信能够代替她做好对节目的说明。

这种"无法清晰地说明自己正在做的事情"之感，我在剧团期间便时常有体验。有人问我"你在演什么剧？"时，"嗯……大家一起即兴演出，制造场景，怎么说呢，就是类似表演秀，但是又并非舞蹈或幽默剧……"我的回答总是前言不搭后语，听的人自不必说，连作为说话人的我最后都不知所云了。我不善说明当然是最主要的原因，但将错就错理解为"我想制作出包括我自己在内任何人都不曾见过的作品"

也未尝不可。

随着工作经验的积累，我这种"无法清晰解释而导致的焦躁感"逐渐减少了。对于自己及自己正在做的事情，我逐渐可以为其命名、分类，向周围的人解释起来也容易了许多。然而，我感觉，即便是资深艺人们汇聚一堂的拍摄现场，都必定会混杂着百分之几的当时我们称其为"志"的某种不稳定因素。

当然，《恋爱新党》由活跃在综艺第一线的工作人员及塚地武雅先生合力完成，是非常正式的节目。然而即便如此，现场还是洋溢着"制作出任何人都不曾见过的作品吧"的昂扬感。说实话，每次无法清晰地对节目做出说明时，我心里都会感到些微的自豪。我想对包括观众在内的所有与本节目相关的人员表示诚挚的感谢。

半年来，真的很感谢大家。

时

在这次的电视剧中,我要扮演一位父亲。与小学生姐弟俩及药师丸博子女士扮演的母亲是一家四口。

可能也是因为就读于小学高年级之故,扮演姐弟的两位小演员都靠得住。可以跟他们商量如何配合表演,同时又不失孩子的雀跃之心。真是令人骄傲的孩子们。

话虽如此,我对"童星"这份职业其实不甚明了。究竟多少岁之间算是童星呢?另,他们对自己是孩子这件事有着怎样的认知?不懂之处多之又多。

之所以不懂,当然与我没扮演儿童角色的经验有关。然而,最主要的理由或许当是"孩提时代,几乎不曾意识到自己是个孩子"。我几乎没有思考过自己是孩子还是大人,在整日考虑当天的饭菜、交友关系、与学校相关的事情的过程中,我逐渐成长起来。当周围人说我"已经是个大人了"时,我自己便也觉得"啊,是啊",如果周围人说我"真是个孩子"时,我也会毫不怀疑地"啊,是啊",自然而然地接受这个观点,在不断重复这两者的过程中,我成长为一名大人。不,准确地说,我是通过周围人少数服从多数的方式成长为大人的。

如此一想，我感觉自己现在似乎也搞不大清状况。可能是因为中年的我，平日很少意识到我已然中年了吧。现在，我仍然在整日考虑当天的晚饭、交友关系、与工作相关的事情的过程中，逐渐成长（或者说衰老）着。当然，有时我也会如调整手表的时间一般，调整自己与周围的时间准度。这次也是，要扮演三十八岁的父亲角色时，我也不由觉得"啊，是啊"，是啊，原来我也已然是这个年龄了啊。

这个世界上，或许存在着两种时间。一种是一秒、一年这样所有人共通的时间，一种是只按照自己的节奏雕刻的自己独有的时间。如此想来，童星真是个不可思议的职业。若用手表来打比方的话，那么，这是一份需要经常调整时间的职业。

据说，在能乐行当中，对于小孩子只会做声音、形体等基础性的训练。能乐师观世寿夫先生在随笔中曾提及，小孩子的发声练习也只允许他们发出"如盛夏的蝉儿用尽所有力量挥动翅膀般"的声音。

"决不提类似表演逼真等要求。也不要求巧妙、有趣。（略）只要求他们将体内所有的能量都还原为声音。"——《以心传心的花》(角川 Sophia 文库)

或许，在试图花费很长的时间培养童星过程中，这才是最有效的方法。

我是外行人，了解得不够透彻。但，发声、身体的摆动等"表演本身的喜悦"似乎是必要的演员基本功。而至于扮演哪个角色、获得观众的欣赏等喜悦本来就是可以先暂不考虑的。

遗憾的是，电视剧的拍摄现场没有此等从容。需要演员表现出来的首先就是"逼真""巧妙""有趣"。当然，这些也都很重要，但如果由于过于在乎"周围的人怎么看待自己"而丧失了自己的节奏的话，我觉得甚是可惜。

我希望本次与我一起参演的宇野爱海、吉川史树两位小朋友能够按照自己的节奏，从容地成长为优秀的成年人。不，其实我本身也是如此。在自己的坐标轴上流淌着的自己的时间，最终只能够由自己负责。爸爸会努力的。我们一起努力吧。

横

本次扮演急诊科的医生。难免有很多救治患者的场景，跟往常一样，我都是慌慌张张地做着准备。两年前在电视剧中扮演乳腺外科医生时，曾经有过做手术的场景，但急诊科的医生似乎完全不同。

急诊医生的守护范围很广泛。毕竟，他需要迅速为搬运至急诊室的病人进行诊断，适当地进行处置之后，又将其转给下一个合适的科室。脑出血病人的话转至脑外科，肾破裂的话则是泌尿科，因而必须具备相关的知识。前年我所扮演的乳腺外科医生，要求的是"精深"的专业知识和技术，本次的不同之处在于，急诊医生要求的是知识的"广泛"和判断的"迅捷"。考虑到人手不足的因素，或许还需加上"持久力"方可。

病人本人表示肩膀疼，但实际上却是心肌梗塞；在做头部 CT 扫描的过程中内脏出血导致昏迷。看到诸如上述实际病例，我深深感觉急诊医生的工作很辛苦。

新闻中经常提到，日本的急诊医疗体系正处于崩塌的边缘。原因是多方面的，比如收入微薄的保险分数制度、严苛的劳动条件、被诉讼的风险等。而有几位医生曾表示，"与必须具备综合性的医学知识的急诊医生相比，人们普遍认为在某专项科目具备更精深知识的专科医生地位更高，这样的社会风潮也是很重要的原因"。这一点令我印象深刻。

过去只是由"内科"一个科室完成的领域，如今却细化分为消化系统、循环系统、呼吸系统、神经内科等多个科室。各个科室的医生们都更加集中钻研自己的领域，力求实现在本领域的登峰造极。其结果就导致医院体系呈现出垂直领导的模式，很难培养出必须具备广泛知识的急救医生。他们说的大致就是这样一种情况。即便是在飞机上遇到需要急救的病患，也有很多医生以"如果出手救治自己专业领域之外的病人，恐怕过后会被告上法庭"为由，不肯主动走上前提供帮助。

不，我并非是要提出什么建议，我想说的是，我感觉"专科医生地位更高"或者说是"'普通医生'稍嫌不足"这种社会风潮其实在医疗之外的其他领域也同样存在。

比如，"'普通教师'减少，所以中小学等初等教育不尽如人意""'普通农民'减少，所以食物自给率变低"等。或许，这可以看作是由于聚光于专业人士而导致的阴影部分吧。

或许，被称作"专业人才"等在纵向活跃的人们，与被称作"综合人才"等在横向活跃的人们之间的比例，在不同的时代会产生一定的变化。当今，匠人这个词汇给人气派的感觉，且在学校也会听到类似"与其下苦功克服不喜欢的科目，不如花时间提高喜欢的科目"的理论，如此看来似乎专业人才更为兴盛一些。然而，或许不久之后，"综合人才"更受欢迎的时代即将到来也未可知呢。似乎有很多人在感慨国家领导者的力量不足，然而政治家却是综合人才的代表性职业，在人们的普遍认知中，"将军"几乎应该有强硬的政治手腕，而"将军"的英语就是"综合（general）"……当然，到得此处，已然是我的胡思乱想。

既是胡思乱想，且又似乎是与我自身位置不符的庞大话题。

本月就写到此处吧。

静

《染血将军的凯旋》杀青。我所扮演的速水是一位大学附属医院急诊中心主任。他的任务是负责急诊中心的整体运转，同时自己也要在处置室进行救治活动。

处置室的布景非常正规。它可以同时容纳三台病床，其中所配置的医疗器械、操作器具等都可以实际使用。扮演护士的演员中有几个人甚至真的拥有护士资格证。再加上接二连三被搬运进来的病患，临场感十足。

当然，身处拍摄现场的我是无暇去想象完工后的作品的。心脏按压、气管插管、点滴投放等等要做的事情实在太多，光是熟练掌握这些就已耗尽我所有的力量。而这所有的工作又都必须要迅速、正确地完成。小小声地说，我经常处于根本无暇顾及演技的忙乱状态。

我不曾亲眼见过真正的处置室的样子。开拍之前曾特意到埼玉医科大的急诊室参观学习过，但不巧那天一个急诊病人也没有。请教了几位医生，作为资料观看了记录录像。我对急诊室的印象大致如此。

一知半解的我说这样的话或许稍嫌不知分寸，但在我看来，真正的处置室极为"普通"。怒吼、喊叫，此类戏剧化要素几乎全无。观看记录录像时，看到的也仅是平静无奇、默默进行的救治工作，我不禁大失所望。

　　说实话，我甚至产生了"这可拍不成电视剧啊"的念头。

　　听了几位医生的讲述后，我对于这份"普通"的想法发生了改变。怎么说呢，那是"'普通'的背后，有着激烈的争斗"的感觉。或许，处置室中其实存在着两股相反的力量。这两股力量大致均等，故而在旁观者看来很"普通"。而实际上，这两股相反的力量在安静地对抗着。

　　在处置室中，"大胆"与"慎重"具备同等重要的价值。救助方针必须迅速决定，而同时配合患者的变化采取相应的措施也非常必要。毫不犹豫地进行救助的同时，必须时刻对自己的判断保持怀疑精神。先入之见时常会招致误诊。热情与平常心，决断与踌躇，自信与怀疑，这样一对一对的力量完美地保持均衡，方能展现出"普通"的气氛。

　　带着这样的感触，我再一次观看记录录像，那份寂静甚至让我浑身汗毛竖起。

　　这部电影改编自海堂尊先生的同名小说（宝岛社文库）。小说中的速水似乎总是处于神经过敏的状态，好像只有他一个人能听到警报声在大声轰鸣一般。故而，作为读者，我经常感觉他有些桀骜不驯。

然而，不可思议的是，读完整部作品后，他给我留下的印象却是极为"普通"。或许是因为他身上拥有一份"静寂感"，其强度恰好能够抵消不断轰鸣的警报声吧。就如肾上腺素与乙酰胆碱相互抗衡从而形成"普通"的兴奋状态一样。

拍摄处置室场景的间隙，我总是模模糊糊地想着这些事情。

其实，我并不知道该如何来表现"两股肉眼不可见的力量相互抗衡，其结果导致普通的状态"。用原著中的速水的话来讲，或许就是"给我安静地工作，混蛋"吧。

战

拍摄间隙，我一直在阅读描写日俄战争的长篇小说《坂上之云》(司马辽太郎/文春文库)。候场时间我多是在读书，但选择的净是阅读起来比较轻松的随笔。为何这次会选择这样一部规模恢弘、内容沉重的小说，我自己也说不清。

毕竟是这样一部巨著，单单是写阅读感想，我就深感力不从心。我能说的就只是，在同一时期用同一头脑来思考"军人"与"急诊医生"，如此而已。

原本就有很多医生将急救中心的处置室比作"战场"。不考虑时间、亦不考虑值班人数，不管医院当下的具体状况如何，一旦有危重的病人，都会被搬运至急救中心的处置室。将处置室中的工作称作"战争"，想必对于急诊医生来说有着超越比喻的实感。

一旦确定接受患者，医生与护士会组成一个四五个人的医疗小组。根据上班时间不同，成员的组成也有所不同，这些临时成员们不断地相互分担与协作，宛如一个生物一般有效地运作着。诊断与处置、下一个工作的准备几乎同时进行。

据说有时会持续工作数小时。

我努力尝试着去想象处置室的样子，不知不觉中脑海中重叠出现的竟是"海战中的舰队"的情景。或许是受正在阅读的小说的影响吧。

秋山真之是《坂上之云》的主人公之一。他是日俄战争时期的作战参谋，可以说是当时的海军智囊。

小说中，真之非常小心地避免自己的头脑被固定概念束缚住。比如，战争开始前，他在海军大学教授战术时，从不使用旧有的文献。他认为"如能读破百般战术书籍，览尽万卷战史记载，则诸原理、诸原则必自现。诸位须确立自己独有之战术。如仅纸上谈兵，关键时刻必无法应用"。

我不是军人，不了解军队的具体运作，或许对于军队这样一个组织而言，秩序、规律等"平时"的思维与独创、临机应变等"战时"的思维同等重要吧。如果"战时"思维势力过大则有可能演变为无法收拾的局面，而如果过于拘泥于"平时"思维则会丧失活力。两者的均衡非常重要。

同时，我也不是医生，不了解医院的具体运作，或许上述情况同样也适用于医院这个组织也未可知。身为局外人的我感觉，急诊医疗体系不能顺利运转，或许只是因为"用'平时思维'思考本应用'战时思维'思考的问题"之故吧。

想象着一个人关在战舰三笠的作战室中、黑白不分地考虑着作战计划的秋山真之那阴森可怖的形象，我的脑海中不由浮现出我现在所扮演的急诊中心主任速水的神态，并与秋山真之的形象不断靠近，重叠。可是，现在他们二人的形象似乎都很模糊，就像是两张没有对准焦距的胶卷重叠在一起一般，十分不可靠。

话说我刚才提到的秋山真之的战术论，似乎也可看作是演员的心得。"军人""急诊医生""演员"，这三者之间有共通点吗？我感觉三者之间的共通点似乎应该是独创性、灵活性、适应性等"战时"性的某些东西，但在繁忙紧张的拍摄现场，我实在无暇仔细思考得出结论。

我想还是等杀青之后的"平时"再慢慢去思考吧。

食

因为拍摄电视剧，我来到上海。三年前我也曾因工作到过中国西安。在西安最大的感触是"饭菜实在太好吃了"，说来不好意思，在上海最大的感触，也是"饭菜实在太好吃了"。我仅在上海逗留五天，体重却胖了四公斤。以下，仅是我的自我辩解。

本次导致我吃得过饱的罪魁祸首是我入住的宾馆的自助餐。即便是从早晨六点开始的"自助早餐"，种类数量已是相当惊人。

日式，西式，中式，甜点。每一种的摆放空间都无比宽敞，尤其是中餐区，其丰富程度令人咂舌。单单主食就有粥、炒饭、饺子、包子、各式面类，任您挑选。面类与饺子当场现做。粥的单品种类已然令人眼花缭乱，组合起来简直近乎无限多。在我感觉来，菜品多到就像是将三四家中华料理店鳞次栉比排在一起同时上餐一般。我再重复一遍，这是早晨六点的早餐。从十一点开始的"自助午餐"，在上述种类之上还会加上北京烤鸭、牛排等炙烤类食物。感觉又加上两三家中华料理店一起上餐，整个人从气势上已被彻底压倒。

这次拍摄过程中，我多是午后出发去片场。因此，势必是要享受"自助早餐"和"自助午餐"。夜里也是闲不住，比如经常有人带我们去吃美味的上海大闸蟹之类的。这种情况下，不胖是不可能的。

为了整个摄影组的名誉，我必须声明，在这次拍摄过程中，胖得如此明显的只有我一个人而已。但我感觉摄影组的整体食量都比在日本时要多。

上海的一位工作人员说他在日本留学时，曾经对日本套餐的饭量之少深感惊讶，"不会吧？这点儿就是一人份？"据说他新年回家时，家里人都觉得他的食量变小，很是担心。

自己的经历再加上身边工作人员的故事，让我擅自对中国抱定"能让人吃得饱饱的地方"的印象。或许，三年前在西安的记忆对我的影响也很深吧。

三年前在西安拍摄的是 NHK 纪录片《新丝绸之路》，内容是由我扮作一千三百年前的遣唐使，比较唐代的长安与当今的西安之异同。

纪录片的摄影组在人数上比电视剧剧组要少得多，所以每餐都是全体人员集体到某家店一起吃。令我惊讶的是，西安当地的工作人员对饮食异常执着。

早晨一碰面，马上开始讨论"中午到哪里吃"的议题。讨论通常一直持续到进入饭店之前，而吃饱之后，对话主题又变为"好吃极了""味道变差了啊"之类的感想。不知不觉中又到了茶点时间，在劝我们喝茶、吃点心和水果时，"晚饭吃什么"的话题又开始了。嗯，差不多每天都是如此。

当然，他们的工作状态无可挑剔，但最初我还是无法把握他们的节奏。甚至产生了"我们又不是为了吃饭才来西安的"抵触心理。不过很快我就融进他们之中，每天都在重复"饿死了"或"好吃极了"。托他们的福，我度过了很丰富的一段时光。非常感谢。

（顺便提一句，在西安我的体重可没有增加。因为我经常不洗就吃路边摊卖的枣子，遭了不少罪）。

《新丝绸之路》中，我扮演的是一位历史上真实存在过的遣唐使，叫作井真成。直到二〇〇四年他的墓志铭被发现之前，他完全被湮没在历史的长河之中。无人知晓他的日本名字是什么，对长安又有何感受。

然而，美餐之后满足地轻抚自己的肚子，我觉得或许井真成所感受到的长安之丰富程度大约也便是这样了。"美美地饱餐美味的食物"自古以来就是文明的根基。

现代汉语中常用的寒暄语是"你好"，但再早之前最常用的似乎是"吃饭了吗？"对于一个承继着大唐帝国血脉的国家，倒也很适合使用后者作为招呼语。让来自异国他乡的客人品尝自己喜欢的美食，上次在西安、本次在上海，我不就享受到了那种正统的"款待"吗？当然，这都是我的个人看法。

　　以上便是我喋喋不休的自我辩解。

师

歌人伊藤一彦先生是我的老师。高中时他曾教授我们现代社会。世上被称作"老师"的伟人不计其数，于我而言，伊藤老师并非那样的"老师"。他是真正的、同时又是普通的"老师"。

高中时伊藤老师就是一位"普通的老师"。因为他讲授的并非国语而是社会，所以很少有学生知道他是位知名的歌人。

老师同时还担任学校的心理咨询师，所以他一般不在教员室，而是在学校西侧边上的"咨询室"。当时我加入了戏剧部，也是因为戏剧部活动室就在咨询室旁边，所以虽然我并无什么大烦恼，但却时常出入咨询室，跟老师聊天。我记忆中的老师总是跟学生一样骑自行车来学校，放学后也会跟学生聊天，是一位非常"普通的"老师。然而说起来，那样的老师在我的记忆中也只就有伊藤老师一位。

老师于一九六〇年安保运动转向大学斗争的时期毕业于早稻田。戏剧部决定要创作一部描写那个时代的作品，我因此还采访过老师。通过那次采访，原本对大学生活一无所知的我，头脑中深深烙下了老师的青春印迹。之后我也考入早稻田，或许便是受到老师的影响吧。

我对故乡的歌人若山牧水产生亲近感，也是受伊藤老师的影响。那其实是最近的事情，就是我高中毕业、又从大学退学的二〇〇二年。契机是老师所著的《渐行渐远的牧水》(矿脉社)。

牧水同样也是在早稻田度过了他的青春时光。本书刻画了一个活生生的牧水。之前，若山牧水于我，只是一个泰然的"大人"形象。然而，他的苦恼，所受的伤害，性情的乖戾，表面的逞强，这样的他让我感触更深。在将自己与青年牧水重合在一起的过程中，深感"跨越几重河山，终至寂寥之尽头，然今日又再起程"的"寂寥"以及"白鸟不悲乎？不沾天空之青，亦不染海水之蓝，只翱翔于天海间"中的"寂寥"，我似乎都曾经历过。或许，阅读这部书，即是对我自己的学生时代（充其量不过十年前而已）的重新确认。

自己处于青春时期时，是很难即时认识青春的。通过牧水，我简直就像是捏造记忆一般重新确认着我的"青春"。从这个意义上来讲，我的青春与牧水的青春现在已然是半重合状态，正逐渐成为同一事物。假如伊藤老师也是如此与牧水相交的话，那么这其中便也会掺杂有老师的青春。

伊藤老师在书中如此写道：

"牧水是追寻着自然的旅人,这一点广为人知。然而,甚少有人知晓,他行脚所至之地罕有名胜古迹。牧水所钟爱者乃无名之山,无名之川。(略)牧水只是爱山本身,爱水本身。"

在我的内心深处,如此这般的牧水与"普通的老师"伊藤一彦形象重叠在一起。

我是在高中的社团活动中开始戏剧生涯的,因而于我,并不存在演员上的老师。当然,我也不属于任何一个派系。然而,被列入"伊藤一彦与若山牧水系谱"之中,却是我个人的一个痴想,且是一个让我很是荣幸的痴想。至少,我真的曾经受教于伊藤老师。即便我称他为老师,对他怀有倾慕之情,想必也不会遭到惩罚吧。

(初出《文艺春秋》二〇〇九年三月号)

终（代后记）

这部书中所收录的文章，多是将连载于电视杂志的原稿稍做修改而来。

连载始于二〇〇四年的年末，持续了约四年。每月一次，将自己在拍摄间隙隐约思考的事情记录成文。

从个人角度来讲，能够将此类文章集册出版，我非常高兴。这种高兴，就像是将专业的摄影师为我拍摄的照片做成一本漂亮的写真集，又当作礼物送给我一般。类似"我这样的人也可以吗"的不好意思之情，"真是这数年间的纪念"的感激之意，再加上单纯的喜悦之感，各种情感交织浮上心头，让我不由想要对周围的每一个人点头哈腰，握手言谢。我简直可以说是毫无节制地让自己尽情地享受着这件事。

然而另一方面，除却我个人的感受之外，我对此又非常担忧。说实话，对于它是否"有趣"，我毫无把握。连载中我就不甚自信，即便到了集册出版的阶段我仍无从知晓。出版的花费，售出多少方能够收支相抵，一想到金钱方面的问题，我简直要崩溃。我所写的内容能够值那么多钱吗，光是想想就很可怕。有关这件事，我打算横下心来佯作不知。

虽然大家可能早已知晓，本书作者（也即是我）并非是职业作家，但我想，看到上述我所担心的各种情况，想必大家再一次确认了这一点。

连载刚一开始，我就发现了自己只是个业余人士。

首先，下笔慢到可怕。每月一次的连载，我写却要花费两周，严重的时候甚至要近三周。每次都准时拿到稿费，但我只写这么一点儿，实在与所得不符。假如我是职业作家，想必早已流落街头了。

其次，不具备技术和知识，却总是在无谓之处瞎讲究。比如，最初我每次的标题都是一个字构成，慢慢这成为我心中的一个规则，无法斟酌出合适的一个字时，心中竟会有"输掉了"的懊恼感。为了刚好写满四张稿纸，一行二十个文字写八十行，这也成为我的规则之一。事实上，这些其实都是无谓之事。即便行数没有刚刚好，读起来舒服就没问题。在发行单行本时，本计划调整一下行数以便更加易读，但未能实现，只是将所有的标题统一为一个字。只能说这是我的个人癖好。

最后，这些规则虽然很麻烦，但这样做却"无比愉悦"。您看我现在讲述着执笔过程中的辛苦，简直就像真正的作家一样，其实心中也是暗喜的。

　　文章方面我不是很清楚，演技中是有业余演技这一种类存在的，就是拥有别的正式职业的人偶尔参演节目的情况。我认为这种业余人士所拥有的最大的武器就是"没有多余的心眼儿"。什么获取好评，什么与下个工作的衔接，此类小家子气的想法一概皆无。只是尽情享受在现场的表演过程。每次看到这样的业余人士，我都深深地自愧不如。
　　今后有机会的话，我希望能够继续进行业余人士的写作事业。在这里，我要向为我的连载付出巨大努力的《TV navi》的编辑们、每月都阅读我的文章的读者们表示深深的感谢。非常感谢你们。

文库版后记

已经用完的剧本,是扔掉呢,还是保留呢?对于演员而言,这是一个很棘手的问题。

当然全部保留是最好的。然而,考虑到保管所需的空间,很多时候很难实现。

连续剧杀青之后,手头往往会剩下十本左右的剧本。大河剧的话更是多达五十本。舞台剧的话,未装订成册的剧本也不在少数。经常是在排练的过程中,先递过来一张,又拿过来一张。再加上更改以及追加的部分,通常会组成一本厚厚的文件册。

对作品的感情也不一样。有的剧本只出演了一小部分,有的剧本却出演了大部分。既有虽然出镜不多但却承载有很多回忆的剧本,亦有虽然出演重要角色却很想尽快从脑海中抹去的剧本。

"舍弃什么,保留什么",这个标准很不好确定。

我曾经就此问题咨询过前辈演员们,回答"全部保留"的人少得惊人。或许是因为大多数人都是由事务所保管,没必要在自己手头保留一份吧。

有的人表示"会保留舞台剧的剧本""电影剧本会保留""连续剧只保留一集的剧本"。看来，电视剧的剧本似乎很让大家头痛。

具体到我本身，从我尚是不需要担忧保管空间的新人时代开始，我就决定"全部扔掉"。这样做的理由非常简单粗暴，既然选择基准模糊不清，那不如索性一概扔掉。是好是坏我并不知晓。剧本上写满了我当时的所思所想、所学所悟。扔掉这些东西，我也并非不觉得可惜。但是也有下面的情况，我偶然保留了十年前出演舞台剧《适合穿丧服的厄勒克特拉》时的笔记，上面写有"台词，停一下，咚""在入口处'啊'，在舞台左边'啊'"，现在我完全不知道这是什么意思。

说起来，其实如果真正重要的大事，即便不用文字记录，应该也是能够记得很清晰的。与其重复阅读之前的旧剧本，还不如多读一遍现在手头的新剧本呢——当前，我的想法便是如此。

相应的（这么说也有点奇怪），我会用尽所有的手段，把手头的剧本"翻得破破烂烂"的。或许，我是在通过这样的手段，来减轻一点将其扔掉时的罪恶感吧。

剧本都放在包中每天带着。为了让其适当地变旧，我故意没有包上书皮。我自己的所思所想，来自他人的指点教授，错也没关系，什么都写上去。一旦有时间，立刻拿出来逐页翻阅。最重要的，其实只是"一直在读"的那种氛围。哪怕没有好好阅读其实根本也没关系。

最近我的秘招是"在澡堂阅读"。纸张被蒸汽薰过之后又风干，会变得硬邦邦的，特别有"一直在读"的感觉。我甚至还认识一位特别能干的女演员，她会特意将剧本"掉到"浴缸中。

剧本既是戏曲，是神圣的"艺术作品"，同时还是拍摄、表演等的设计图，是"实用品"。如果我是剧本，那么不管是被珍而重之地保管，还是被使用到破破烂烂的状态，我都会非常高兴的。或许，我的这种心情可以推而广之到对整个工作的态度。我所出演的作品，对于客人而言，不管是"重复观赏多次的重要作品"还是"看时哈哈大笑，过后立刻全部忘掉，只是消遣时光的作品"，我都同样感到高兴。

我的文章能够出版文库本，我感到非常荣幸。我特别喜欢文库本。易于携带，价格便宜。然而，虽然很喜欢，但我却经常随意地将其扔到包中，或者在澡堂阅读，对其的态度很是草率。这种态度是好是坏，我也无从知晓。

这次真的非常感谢诸位。至少这本书，诸位将其弄得破破烂烂也没关系。作为笔者，我将感到无比欣慰。

请尽情地利用本书吧。

主要演出作品列表
（1995年至2013年春）

1995年

TV《HEART'S》（富士电视台）

舞台剧《麦克白本牧》（相铁本多剧场）

舞台剧《哥萨克》（双数姐妹、Theater Tops）

1996年

TV《东京23区之女》（富士电视台）

舞台剧《VIBE》（Theater Sunmall）

舞台剧《五个不能归来的男人》（Theater Tops）

1997年

TV《恋了，爱了》（东京电视台/出演井筒和幸导演的剧集）

舞台剧《橙色的首尔》（六本木 caramel）

舞台剧《SUSABI》（樱月流美剑道、Theater V Akasaka）

舞台剧《昏睡天使》（第三舞台、Theater Sunmall）

1998 年

舞台剧《水的味道》(纪伊国屋南方剧场)

舞台剧《ZENMAI》(Theater Cocoon)

1999 年

TV《晴空麻将》(日本电视台)

TV《国产幼女》(东京电视台)

TV《玩具之神》(NHK)

舞台(朗读)剧《迪斯尼乐园的绿地》(Theater Tram)

2000 年

电影《火星上我的家》

电影《向日葵》

TV《安乐椅上的侦探 再一次》(朝日放送)

TV《奥黛丽》(NHK 早间电视连续剧小说)——P20《好》 P73《西》

舞台剧《美丽的周日》(俳优座剧场、近铁小剧场)

2001 年

电影《埋伏》

电影《The Goddess of 1967》

电影《在这里》
TV《叛乱的航行》(朝日电视台)
TV《嫉妒女人香》(朝日电视台)
舞台剧《VAMP SHOW》(Parco 剧场、Theater Drama City)

2002 年

电影《太郎》
TV《婚外恋爱》(朝日电视台)
TV《香港明星迷》(东京电视台)
原创录像动漫(声优)《战斗妖精雪风》(~2005 年)——P29《声》

2003 年

电影《壬生义士传》
舞台剧《大象消失》(世田谷 Public Theater、Theater Drama City、英国巴比肯艺术中心)

2004 年

TV《新选组!》(NHK 大河剧)——P10《酒》
TV《奥特 Q 黑暗幻想》(东京电视台)
舞台剧《适合穿丧服的厄勒克特拉》(新国立剧场、松本

市民艺术馆)——P7《髭》

2005 年

TV《引擎》(富士电视台)——P23《子》

TV《为了即将到来的那一天》(富士电视台)

TV《空中的秋千》(富士电视台)——P16《绊》

TV《实录·小野田少尉 过迟的回归》(富士电视台)——p32《旅》

电视纪录片《NHK SPECIAL 新丝绸之路 第 10 集 西安 永远的都城》——P174《食》

舞台剧《父亲的恋情》(Parco 剧场)——P13《钝》P20《好》

舞台剧《宫城野》(宫城县立艺术剧场)——P35《乡》

2006 年

电影《蜂蜜与四叶草》——P46《灵》P49《学》P70《诗》

TV《五岛医生诊疗所 2006》(富士电视台)——P82《术》

TV《新选组！！土方岁三 最后的一天》(NHK)

TV《对岸的她》(WOWOW)

TV《出云的阿国》(NHK)——P52《鼓》P55《寒》P64《休》

舞台剧《传说中的男人》(Parco 剧场)——P73《西》P76《备》P79《伪》

电视纪录片《达芬奇密码 推理小说专题》（富士电视台）——P67《暇》

2007 年

电影《壁男》——P58《街》P61《病》P123《雪》

电影《寿喜烧西部片》——P85《马》P96《死》

TV《秘密花园》（关西电视台）——P99《兄》P102《剧》P105《容》

TV《孤独的赌注～我的爱人啊～》（TBS）——P111《型》P114《试》

舞台剧《无所畏惧的川上音二郎剧团》（日比谷剧场落成后的首次公演）——P129《憧》P132《服》

原创录像《离家出走的熊猫》

2008 年

电影《放学后》——P117《春》

电影《超越巅峰》——P120《肉》P153《父》

电影《两个穿运动服的人》——P126《住》P153《父》P156《夏》

TV《笃姬》（NHK 大河剧）——P135《位》P138《命》P141《品》P144《守》P147《家》P150《女》

TV《世界奇妙物语 2008 年春季特别篇》（富士电视台）
TV《冰之花》（朝日电视台）
TV《你就是你》（TBS）——P162《时》
电视综艺节目《恋爱新党》（日本电视台）——P159《志》
电视动漫（声优）《青色文学系列》（日本电视台）

2009 年

电影《染血将军的凯旋》——P165《横》P168《静》P171《战》
电影《LUSH LIFE》
电影《南极料理人》
电影《库希欧大佐》
TV《迷离三角》（关西电视台）——P174《食》
TV《官僚们的夏天》（TBS）
舞台剧《蛮幽鬼》（剧团☆新感线、新桥演舞场、梅田艺术剧场）
电视纪录片《情热大陆》（每日放送）

2010 年

电影《金色梦乡》
电影《武士的家计簿》
TV《JOKER 不被原谅的搜查官》（富士电视台）

TV《人称假医生 冲绳最后的医疗辅助师》(读卖电视台)

电视纪录片《不为人知的"龙马传"世纪英雄・坂本龙马 最大的谜团与秘密暗号》(富士电视台)

电视纪录片《堺雅人 寻访当下的美国原住民》(WOWOW)

2011 年

电影《太阳的遗产》

电影《丈夫得了抑郁症》

TV《塚原卜传》(NHK)

TV《南极大陆~》(TBS)

2012 年

电影《盗钥匙的方法》

电影《那夜的武士》

电影《大奥~永远~(右卫门佐・纲吉篇)》

TV《LEGAL HIGH》(富士电视台)

TV《大奥~诞生(有功・家光篇)》(TBS)

2013 年

电影《向日葵与幼犬的七天》

电视剧特别篇《LEGAL HIGH》(富士电视台)